星期五的書店

金曜日の本屋さん

名取佐和子

韓宛庭 譯

目錄

第1章

想看的書遍尋不著

聽說去北關東某間小車站的書店，就能找到想看的書。

「想看的書」泛指很多情形，光看字面並不好懂，不過整句話的意思應該是：「去那家書店，自然會遇到當下最需要的書。」

看到這則網路傳聞的時候，我推推滑落的眼鏡，無語問蒼天。

我大可質疑：「眞的假的？」或者一笑置之：「不可能。」甚至亂發脾氣：「胡說八道！」但我沒有，我做不到。

我只是默默進階搜尋，過濾出車站名和店名，緊接著確認如何從家裡搭車過去。

十二小時後，我坐在前往該車站的電車裡，瀏覽社群軟體。

離開東京將近兩個半小時，我把朋友、朋友的朋友、認識的人、不認識卻好像認識的人發的文都看過一遍，讀完分享的連結，禮貌性地留下貼圖或回應。時間雖然眨眼流逝，但車程實在太長。染紅廣尾車站階梯的夕陽早已西沉，天空換上黑幕。今晚的月亮似乎特別明亮，彷彿在提醒我入夜會很冷，我突然好想念以爲三月用不到而留在家中的羽絨大衣。

「只剩三站了。」

我推推眼鏡，出聲給自己打氣。車廂內空無一人，自言自語不怕丟臉。星期五的晚上八點，電車裡通常會擠滿結束一週工作的下班人潮，可是對面的七人座椅卻是空的，身處的這一排也由我一人獨享。

我在社群軟體都留下貼圖和回應後，點開網路瀏覽器，在搜尋欄打上「蝶林本線　沒人　原因」，馬上跳出搜尋結果。我看了一下，原來本路段的主要乘客是學生，除了上下學時間，其他時段「乘車率低得嚇人」是常態，還有部落客一口咬定：「少子化再惡化下去，一定會廢站。」

「原來如此。」

我把玩著眼鏡的鏡腳點點頭，接著疑惑地抬起臉。電車停靠在「竈門站」，我對這個站名有印象。

「啊，這裡是我們大學的……」

聽說我就讀的學院即將在大三時更換校區，從東京遷至竈門，沒想到位在這麼偏僻的地方。

大學簡章上寫有從東京到竈門的通學時間，前提當然是換車順暢。實際來一趟，我深深感到換車不可能順暢。

這時，我猛然回神。

「……啊，反正我大三前就會休學，應該沒差吧。」

我轉身探向窗邊，凝視暗夜中的風景，放眼望去不見高樓大廈，大片農田、巨型招牌與零星住家流過車窗外。鐵路旁住家的大院子裡，種了一棵開白花的樹，滲透出柔和的光暈，再次提醒我春天的來臨。春天會平等造訪，但在什麼地方、懷著怎樣的心情迎接春天，則因人而異。

我突然一陣鼻酸，急忙甩甩頭，額頭緊貼窗戶。從額頭能感覺到電車緩緩放慢車速。我的眼鏡歪了。

——野原車站。

車內廣播與月台看板提醒我已到站。

我揹起輕型背包，走下杳無人跡的月台。

野原車站有兩座月台，我下車的月台兩側都有軌道，回程和去程的電車可同時發車。另一座月台單側緊鄰空地，只有對面能搭車。唯獨單側軌道的三號線月台沒點燈，是全黑狀態。今天沒車了嗎？我不禁納悶，仔細觀察一號線、二號線月台與三號線月台，不放過任何一角，卻沒看到書店。那麼，只能朝著燈光前進了。我走向位於月台一端的樓梯。

兩座月台與票口由天橋相連，樓梯通往天橋，旁邊有座小電梯，但不見手扶梯。我沒參加社團，也沒打工，平常只有往返大學的路程勉強算是運動，因此毫不猶豫地選擇搭電梯。

野原車站的天橋雖然不如東京總站華麗，不過外觀遠比月台給人的想像更加亮麗，牆壁厚實，燈光明亮，空調舒適。很快地，我在月台樓梯的另一側牆角發現書店，名符其實的「車站書店」。我加快腳步走去。

天橋的自動門和書店外牆恰恰都是透明玻璃，店面一覽無遺。我緩緩通過天橋，一面偷看。很普通的書店，毫無特別之處。由於販售空間不大，爲了不造成壓迫感，使用的是附平台的書櫃組。考量到空間和書櫃的數量，頂多收藏拍成電影或得獎的話題作品、熱門漫畫，以及少數可稱爲暢銷作家的近期著作，恐怕已是極限。

「沒問題嗎？」

我相當忐忑不安，忍不住自言自語，再次推推眼鏡。這眞的是「能找到想看的書」的書店嗎？網路上的傳聞果然只是都市傳說？

看過書店的透明玻璃牆，舟車勞頓的疲憊突然點滴湧現，我有些頭暈地靠在米色牆上休息。這面牆的後方是什麼店？雖然好奇，但白跑一趟的感覺壓倒一切，我動彈不得。

嘆口氣，我靠著牆壁緩緩蹲下，這時牆壁前方的自動門突然打開，一道人影飛奔而出。雀躍輕快的腳步聲愈來愈近，在低著頭的我面前停下。

「你好。」

傳來清晰明亮的話聲，我抬起頭，與一名女子四目相接。她的瞳眸閃閃發亮，令人聯想到第一次去迪士尼樂園玩的小朋友。女子有一對大眼睛和深邃的雙眼皮，看似厚重的睫毛輕輕翹起。不知是光線影響，還是她戴了瞳孔放大片，或者是渾然天成，黑色瞳仁面積很大。鼻子、嘴巴等其他五官偏小巧，襯得眼睛格外炯炯有神。

「嗚呼……」

我不小心發出怪聲，只見目光炯炯的女子在我面前蹲下，將及胸的波浪長髮往後一撥，露出甜甜的笑容。輕搔鼻腔的柑橘調香水拉走我的注意力，她突然問：

「有沒有經驗？」

「咦？」

「呃，有沒有**做過**？」

難不成，這就是傳聞中（我以爲這才是都市傳說）的**反搭訕**嗎？可是，女方表現得太直接，令人不禁倒退三步。不過，看著她大方親切的笑容，總覺得此時不回答有失男人的尊嚴。

「……嗯，算有吧。」

「太好了。」她開心地合掌拍手，「那請你馬上開始吧。」

「咦，在**這裡**？」

我吃驚大叫，她笑咪咪地點頭說「對，當然是**這裡**」，手輕輕敲了敲我頭頂上方的牆壁。

「我急到想隨便抓個人來用呢。我說人手。」

我連忙起身一看，牆壁上貼著「書店急徵工讀生！」的海報。

「我們店裡最近有個兼職人員因丈夫的工作轉調辭職，我正愁找不到人。你說有經驗，是在書店打過工嗎？」

「啊，啊——對對對，打工……」

我重新調整眼鏡的位置，掩飾自己天大的誤會，並補上一句：

「可是，我今天不是來應徵打工，對不起。」

「啊……是嗎……」

她的大眼睛難掩失落，不過隨即切換心情，彈響手指。

「所以，你是來逛書店？」

「嗯，算是吧。」

她不在意我模稜兩可的回答，一對上眼便投來燦爛的笑容，彷彿在說「反正微笑不用錢」。我驚慌地轉移視線，才發現她墨綠色圍裙的胸前掛著名牌，上面寫著「南槙乃」。察覺我的注視，她拉起名牌。

「剛剛眞抱歉，我是書店的店長，南。歡迎蒞臨『金曜堂』（註一）！」

聽著不輸女僕咖啡廳的親切招呼，我差點腿軟，但在南店長──槙乃的催促下，我轉身踏入店裡。

槙乃走進店內角落的結帳櫃檯，在她的注視下，我僵硬地環視店面。

平台上放了許多最近剛得直木獎的書──即時下最賣座、每家書店都會擺在最顯眼位置的書，不是小書店才有的特色陳列。我萬念俱灰地移動到文庫本（註二）的書櫃前。

快速瀏覽「Sa行」開頭的作者，我在柴田錬三郎的書籍附近放慢速度，一冊冊仔細查看。島田荘司……有。島本理生……有。朱川湊人……有。我開始邊摸書背邊找。小路幸也、白石一文、城山三郎、新城十馬……從歷史小說、推理小說、戀愛小說、恐怖小說、企業小說到輕小說都有，光是「Sa行」就陳列著豐富的書種和作家藏書。「可是，果然……」我喃喃自語，忍不住嘆氣。

——連這家書店也沒有。

我朝櫃檯裡的槙乃輕輕行禮，走向自動門，眼角餘光瞥見她張開嘴巴，似乎有話想說，但我沒停下腳步。

還沒走到自動門口，門便輕輕震動打開。什麼人會來這裡買書呢？我若無其事地望去，一名留著金髮小平頭、穿紫色薄西裝，打扮刺眼的男人反瞪回來。他比身高一七二公分的我矮了十公分左右，但體格結實，重點是長得很像凶神惡煞，就算不是流氓，也絕非**善類**。「嘎！」我嚇得聲音分岔，往後一縮，驚覺「糟糕」已來不及。我撞到鋪在平台的初版單行本，伴隨「啪沙啪沙」聲掉在地上，金髮平頭男沒放過這個機會，對我咆哮：

「小子，搞什麼啊！不准弄壞商品！聽懂了嗎？」

註一：日文的「金曜」即「星期五」之意。
註二：小型平裝本口袋書，尺寸約為十四．八×十．五公分，設計的用意是節省成本、便於攜帶、利於普及化。

「對不起、對不起。」

我拋下自尊，一個勁低頭道歉，這時頭上傳來明亮的話聲。

「阿靖，別嚇壞客人了。」

如同回應聲音，自動門再次打開，一名高䠷的男人像在掀門簾，低頭走進來。他和槙乃一樣，圍著墨綠色圍裙，名牌上寫著「栖川鏃」，想必是店員。狹窄的入口擋著一高一矮的男人，就算我想逃也逃不了。

「啊，栖川，你回來啦。你剛剛和阿靖在一起嗎？」槙乃問道。

高䠷男聞聲抬頭。望著那清秀的長相與眼珠的顏色，我不由得抬高鏡腳，嘆為觀止。他有一雙藍眼睛，在黑髮與純日式的平板五官當中，顯得獨樹一格。

栖川緩緩高舉露出蔬菜和牛奶的購物袋，名叫「阿靖」的金髮平頭男插嘴：

「我們是在票口碰巧遇到。喂，妳早說一聲，我就去幫妳買了。」

書店需要蔬菜和牛奶嗎？我的疑問隨著栖川的前進獲得解答。

結帳櫃檯的反方向設置了附高腳椅的吧檯與小桌位，醞釀出懷舊感的橘色吊燈照亮吧檯。吧檯後方的牆壁前，並排著櫥具櫃、酒櫃與小型冰箱，由於裝潢、氣氛和燈光都與書店迥異，我還以為是不同家店，看來這裡也是書店的一部分。

「原來這裡是書店咖啡廳。」

我回頭問，槇乃在胸前擺擺手說：

「不不不，『金曜堂』只是附茶點區的書店。」

「那不就是書店咖啡……」

「她說不是就不是。小子，你是不是瞧不起人？」

「阿靖，某本書裡提到，老闆沒耐心的店很容易倒，請小心啊。」

槇乃規勸容易衝動行事的金髮平頭男，我沒漏聽當中的某個關鍵詞。

「老闆……？」

金髮平頭男用力點頭，踩著外八步接近。

「對，本大爺就是『金曜堂』的老闆和久靖幸，你有意見？」

「不不不，我怎麼敢。眞的。果然是附茶點區的書店，實在是一目瞭然。」

我堆出連自己都覺得噁心的假笑，在內心認定「金曜堂」是有惡勢力在背後撐腰的恐怖書店。找不找得到想看的書已不重要，還是少和他們有所牽扯爲妙。

「那我先告辭了。」

我一個箭步衝向金髮老闆移動後騰出的空間，好不容易穿越自動門。槇乃急忙追上來問：

「沒找到你要的書嗎？」

「是的，眞遺憾。」

「若是不嫌棄，由我來代找吧？」

「啊，沒關係、沒關係。眞的這樣就行了。」

「可是……」

槇乃似乎有話想說，但我裝作沒聽見，逃也似地離開。

❀

我的噴嚏聲迴盪在無人的月台上，這是第四個噴嚏了，春天晚上的低溫毫不留情。時間已過九點，肚子開始咕咕叫。

「還是不行。」

我不停拿出手機測試，深深嘆氣。野原車站的月台訊號差到不敢置信，從剛剛起就連不上網路，社群軟體、轉車資訊、電子信箱和通訊軟體全部掛掉，嘆出的氣息化爲慘白，令人消沉。

等了超過半小時，電車還不來。月台上的時刻表明明顯示，這個時段一小時有兩班車。儘管等到失去耐性，但想通過票口出站必須跨越天橋、行經「金曜堂」，未免太尷尬。

「怎麼辦……」

我以衣角擦拭鏡片，難過地蹲下。這時，對面的三號線月台突然亮起燈。

「咦，是那邊嗎？」

正當我猶豫該不該換月台等車，忽然聽見交談聲。不久，人影站上三號線月台。人影接二連三出現，約莫聚集百人。

日光燈照亮他們詭異的身姿，我數度摘下眼鏡，擦了又擦，用力瞪著月台。有人頭頂毛茸茸的貓耳，有人長了角，有人屁股冒出粗粗的尾巴，有人是獨眼龍，有人是三隻眼，有人鼻子很長，有人長著鳥喙，有人長著翅膀，有人的頭部是茶壺，有人一身白色和服披頭散髮，有人拖著白布行走……幾乎「所有人」看起來都不像人。眼見這群妖怪愈來愈大聲鼓譟，我嚇壞了。其中「幾人」發現我孤零零地待在隔壁月台，向我親切招手，感覺更加驚悚。

好不容易，三月線月台響起電車的進站廣播，聽起來是女聲。電車喀噠喀噠地搖晃車身，駛進月台，透過車窗能看見車廂裡鋪著榻榻米。

「座敷（註）列車……」

這班電車與月台上候車的百鬼實在太搭，我甚至忘了飢寒，愣在原地，眼睜睜看著座敷列車載著百鬼，若無其事地發車。

直到電車過彎、消失在軌道的盡頭，無人的三月線月台驟然熄燈。我恢復動彈，從頭到腳都在發抖，毫不猶豫地奔上樓梯。

槙乃在平台鋪書，看見我衝進「金曜堂」，頓時停下手。

「歡迎蒞臨『金曜堂』！」

「呃，別打招呼了。」我聲音打顫，平板說道。

「沒事吧？」槙乃端詳著我的表情問：「你的臉色好差。」

「月台很冷。」

「下一班回程車要等很久喔。」

「我肚子餓。」

「本來想問你要不要在這裡等，但你神色匆忙地跑走了。」

「還撞鬼了。」

我努力擠出聲音描述遇到的狀況，槙乃把披肩的頭髮向後撥，微微一笑。

「是『百鬼夜行列車』啊。」

「……那是什麼？」

「『金曜堂』的客人自動發起的臨時企畫，兩天一夜的賞梅列車。」

老闆和久坐在吧檯前，讀著包上「金曜堂」紙書套的文庫本，聽見我們的對話，揚聲插話：

「『金曜堂』不只賣書，也提供場地。」

他伸掌比了一圈身旁的高腳椅，槙乃點頭附和：

「客人會租借茶點區，不定期舉辦朗讀會和讀書會，其中又以妖怪相關的讀書會特別熱鬧……」

「他們還找了其他無法參加讀書會的朋友，一起包下座敷列車，說要去賞梅，順便聊

註：指鋪著榻榻米的房間，也用來當宴客廳。

聊彼此對怪談和妖怪的看法，規定出席者要打扮成『妖怪』。」

原來我剛剛看見的是cosplay成妖怪，歡樂出遊的一群人。

「畢竟是星期五晚上。」

「月亮又大又圓，最適合搭夜車出遊。」

槇乃與和久愉快地閒聊，走進結帳櫃檯後方的門裡。我突然落單，只好步向茶點區，在吧檯前找張高腳椅坐下。和久與我相隔兩張椅子坐著，目光銳利地打量我，但我連害怕的力氣都沒有。

「嗯……我想喝點熱的。還有，請問可以點餐嗎？」

栖川在吧檯內摺著「金曜堂」的紙書套，聞聲默默點頭，從圍裙口袋拿出筆記本翻開，快速寫下文字。

咦，筆談？我一陣緊張，只見栖川亮出筆記本。

「海苔卷　四〇〇圓　黃豆餅　四〇〇圓　紅豆餅　五〇〇圓（※含稅）」

「都是餅……」

我不小心呢喃出聲，和久馬上敏銳地反駁：

「我們的菜單取決於栖川當天的心情，你有什麼意見嗎？啊？」

「不，沒有，只是覺得，咖啡廳賣日式甜餅很特別。」

「早就說過我們不是咖啡廳，只是書店附茶點！你是聽不懂啊？」

「對不起。」我趕緊道歉。栖川盯著我，藍眸在燈光的映照下顯現漸層，充滿神祕感，我彷彿受到蠱惑，嘴巴自動張開：

「呃，我要海苔卷。」

栖川點了個頭，忙碌起來。雖然穿著書店店員的墨綠色圍裙，但一身白襯衫搭黑領結，怎麼看都像酒保。他站姿端正，優雅地燒水，爲我沖泡焙茶，接著不知從哪裡變出烤架、放上瓦斯爐，用切片年糕做成海苔卷。在砂糖熬煮的醬油裡放入烤軟的年糕，沾附入味後包起海苔——這就是日式海苔卷。吸飽醬汁的海苔與年糕恰到好處的焦香引得我猛吞口水，轉眼間就吞下以青瓷盤盛裝的兩塊海苔卷。

我稍稍喘息，啜飲焙茶，放鬆下來，才發現栖川背後的廚具櫃與酒櫃旁，擺著同色系的書櫃。我擦拭染上熱茶蒸氣的鏡片，重新眺望書櫃，上面有許多書，書背高度參差不齊。

「那些書是……？」

「哦，你總算注意到了。這一區的書不賣，不過用餐時可隨意翻閱。如果有喜歡的書或作者儘管說，根據當天的心情也行，什麼都好，栖川會幫你挑選適當的書。」

「哦，敷衍我嗎（註一）……」

「小子，你找死啊？不是敷衍的『適當』，是恰到好處的『適當』。」

和久嘖著口水強調。我把眼鏡向上一推。從這裡看得見書背，我逐一確認每一本書的書名。

「怎樣？有沒有想看的書？連漫畫都有喔。」

「啊，我不太看小說和漫畫。」

「不，等等、等等！真的假的？討厭書的人來書店幹麼？搞什麼啊？」

「呃，不，我不是完全不看，但我的理解力差，看了也看不懂，應該說，只看得懂表面？反正，我說不出大家聽了會嘖嘖稱是的感想，有時還會完全搞錯重點，我真的沒資格看小說和漫畫。」

「**資格**？你啊……」

和久吸一口氣，與栖川互望。栖川為我加茶，簡短詢問：

「櫃上有你知道的書嗎？」

第一次聽見栖川的話聲，果真溫柔悅耳，跟想像中一模一樣。我太感動，一時答不上腔。稍稍猶豫，我指向與視線同高的位置。

「那邊……左邊數來第三本，《永遠不死》（註二），我大約在一年前讀過。」

說完我便閉口不語。栖川沒追問感想，靜靜眨眼。我尷尬地捧起茶杯，鏡片再度起霧。

最後是由和久打破這場沉默大賽，他大聲改變話題：

「可是，瞳．泰雷翰（註三）的《永遠不死》是很早以前的書，你居然還買得到。」

「啊，不，我猜是剛出版時買的。」

「猜？」

「呃……」就在我遲疑時，腦中浮現鎢絲燈泡照亮的書房、四面八方圍繞牆面直達天花板的木製書櫃，及坐鎮書房正中央的黑色皮革沙發。

註一：日文的「適當」有兩個意思，最常用的是「敷衍」、「隨便」之意，另一個則接近中文的「適切」。

註二：荷蘭經典動物哲學童話，內容幽默，發人深省。

註三：Toon Tellegen，一九四一年出生的荷蘭作家、詩人，動物系列童話贏得荷蘭的金、銀「石筆獎」等多項兒童文學大獎。

「那本書，是我父親……」

冰涼的觸感滑過臉頰。和久因狐疑瞇起的豆眼頓時睜得又圓又大，我一陣慌亂。看樣子，我不小心哭了出來。我急忙摘下眼鏡，想藉擦眼鏡掩飾淚水，但意義不大。連回到吧檯裡摺著「金曜堂」紙書套的栖川都不禁蹙眉，一雙藍眸望著我。

我舉手投降，重新戴好眼鏡。

「抱歉，呃……總之很抱歉。啊，錢放在這裡。」

我哽咽說著，在吧檯放下剛好的四枚百圓硬幣，栖川開口：

「會找到的。」

「什麼？」

「回去以前，告訴南——南店長你在找的書吧。她一定會幫你找到。」

栖川重複一遍，藍眸像是嫌光線刺眼，眨了眨後，視線投向結帳櫃檯。循著他的視線望去，櫃檯後方的門恰巧打開，**白色妖怪**出現。

我啞口無言地盯著白色妖怪。只見白色妖怪踏著小碎步，脖子往旁邊一折，槙乃的頭從裡面冒出來。

「下次我想辦《花生》（註）主題特展，於是做了史努比的布偶裝。」

槇乃雖然「欸嘿嘿」地抓頭傻笑，表情卻充滿自信，和久阻止道：

「拜託不要。特展我贊成，布偶裝千萬不要。」

栖川連連點頭，贊同他的話。

「又來了。栖川、阿靖，你們本來就有義務阻止我，所以我才詢問客人的意見……你覺得呢？」

槇乃的大眼睛盯著我。

「我還以為是剛剛沒趕上團體列車的百鬼夜行一員……」

我吐露眞心話，和久不客氣地粗聲大笑。槇乃瞪著懷中的頭套，神情帶著不滿，但那怎麼看都像白色妖怪。

「我好不容易才做好。」

「南，沒關係。妳的辛勞不會白費，妖怪特展可以拿來用。」

和久調侃她，再次大笑。我確認淚水已乾，抬眼認眞注視栖川。

「你剛剛說的話，是眞的嗎？」

註：《花生》（*Peanuts*）是連載史努比與查理．布朗故事的美國報紙連環漫畫，作者是查理斯．舒茲。

棲川又點點頭，和久自動幫腔：

「敢懷疑我們，是不是找死啊？是真的。她做布偶裝的品味雖然很糟，不過提到書可是相當可靠。」

「咦，你們在講我嗎？」

槙乃戴上飽受負評的頭套，左搖右晃，話聲悶在頭套裡：「人家會害羞～」搞不好是意外棘手的類型。

我走下高腳椅，輕輕摘下頭套，向露出臉的槙乃低頭拜託：

「我在找父親想看的書，作者是庄司薰（註），書名是《聽不見天鵝唱歌》。」

「那本啊。」槙乃一聽就知道，棲川低聲提醒：

「好像不是買到書就好。」

眞敏銳。我點點頭，環視在場的所有人。

「我找不到父親肯收下的《聽不見天鵝唱歌》，相當苦惱。」

「這是怎麼回事？能不能說得更詳細些？」

槙乃從我手中拿回布偶裝的頭套，在吧檯角落穩穩放下，邀我坐上高腳椅，跟著落座。於是，左邊是槙乃、右邊是和久、正前方是棲川，在「金曜堂」成員的包圍下，我推推推眼鏡娓娓道出原由。

「我家那本《聽不見天鵝唱歌》，是父親學生時代讀完珍藏的書，我高中時擅自從父親的書櫃拿走……不小心弄丟。」

「搞什麼，太迷糊了吧。」和久皺眉嘀咕。

「我本來打算看完馬上歸還，書雖然帶在身上，但一直找不到機會翻開。當我發現時，書已不見，大概是不小心掉在哪裡，或隨手一放就忘了吧。」

「連一行也沒看就弄丟？」

「是的。」

「你一直瞞著父親？」

「是……」

註：Shouji Kaoru，一九三七年出生的日本男性作家，本名福田章二，曾獲第六十一屆芥川獎，才能受到三島由紀夫等人認可。代表作為以學生運動為主題的「阿薰」系列，書中以輕快的文筆描寫日比谷高中生阿薰的生活，相當暢銷，曾改編電影。系列一共出版四部，依序為：《當心小紅帽》、《聽不見天鵝唱歌》、《別了，黑頭巾蒙面俠》、《我最愛的藍鬍子》（書名皆為暫譯）。

和久留著金髮小平頭，一身紫色薄西裝，看起來像極了流氓，但此刻更像刑警在問案，我不禁縮縮脖子。

「最近父親想重讀，要我還給他，我傷透腦筋。」

「欸，傷腦筋的是你老爸吧？要是敢擅自拿走我的東西還搞丟，我一定揍你！」

「噢，對不起。我也覺得很抱歉，可是，馬上買新的還給他，他卻說『不是這本』，把書退還。」

語畢，我想起躺在白色病房，吊著點滴、露出無力笑容的爸爸。沒錯，爸爸並未生氣。他笑了，而且笑得非常哀傷。

我難過地摘下眼鏡，以袖口粗魯地抹著鏡片。

「新書、舊書、電子書、文庫版、初版單行本、增訂版……我找遍各大實體書店和網路書店，把能找到的《聽不見天鵝唱歌》都買下來。」

——我想看的不是這一本。

爸爸的黑眼圈逐漸加深，臉頰一天比一天凹陷，縱使身體虛弱，仍堅定搖頭，不肯收下我買的任何一本。

槙乃托腮聆聽，櫻花色的指甲輕敲吧檯，面露微笑。

「《聽不見天鵝唱歌》啊……是『阿薰』系列，眞是懷念。」

我訝異的是，栖川與和久也紛紛點頭。

「咦，你們都看過這本書嗎？」

「是啊，這是高中時的指定閱讀刊物。」

「暑假作業嗎？」

「不是啦，是讀書會。」

看似離讀書最遙遠的和久理所當然地解釋。說來失禮，但「讀書會」三個字出自他口中，聽來彷彿是某種危險交易的暗號。

我重新調整心情，像艘任由回憶擺盪的小船，向槇乃的側臉傾訴：

「爸爸……父親要的，應該是當時借我的那一本。或許書裡有重要的註記，所以，我必須把那本書找出來。我有責任找出來。」

可是，我無力地趴在吧檯上。

「想找出那麼久以前的書，幾乎是天方夜譚，我眞的走頭無路了……」

正因被逼急了，我才會聽信網路上的謠言，特地跑來這個遙遠又偏僻的車站，尋找「能找到想看的書」的奇妙書店。

我用力吸氣、吐氣，調整呼吸，好不容易忍住眼淚。此時，一隻手輕輕放上我弓起的背，我感覺到小小的手掌與冰涼的指尖，是槙乃的手。她像在安撫小寶寶，輕輕拍著我的背，溫柔地說：

「來都來了，我們先看看店裡的庫存吧。」

「麻煩了……」

我總算抬起頭，槙乃比出大拇指，輕盈跳下高腳椅。

「我馬上去查。」她轉過身又忽然停步，回頭望向我。

「方便的話，要不要一起來書庫？」

「咦，客人進去沒關係嗎？」

我重新戴好眼鏡，小心確認。其實我想問的不是槙乃，而是正仔細觀察我的和久與栖川。

和久「嘖」一聲，翻開文庫本，栖川洗起我用過的小碟子與茶杯。我無法解讀他們刻意無視的舉動，只好看向槙乃。槙乃轉動大大的眼珠，再一次朝我比出大拇指。

「我們一起去找令尊想看的書吧。」

「好。」

「金曜堂」的書庫恐怕只能存放新書，我遺失的書幾乎不可能混在裡面。既然都來了，回程電車又還沒到站——我尋找理由，扶著吧檯站起。

✿

槙乃帶我穿過結帳櫃檯後方的門，來到一間沒有窗戶的狹窄房間。在日光燈的映照下，室內並排著兩張放電腦的桌子，看似相當堅固的不鏽鋼櫃上，隨意擺著影印紙、傳眞紙與墨水匣等耗材庫存。油氈材質的地面散落一節節的繩子和塑膠片，及無法分辨是垃圾還是重要傳眞的紙張，顯得十分雜亂，即使說客套話仍稱不上「舒適」。但我感到無比自在，畢竟這是我最鍾愛也最懷念的空間。

「這是店員的休息室、器材室，也是辦公——」

「倉儲室，對吧？」

我聞著墨水的氣味，不小心打斷槙乃的話。槙乃略微訝異地挑眉，隨即露出微笑。

「對喔，你在書店打過工。」

「啊，嗯，算是吧。」

我在心裡補上一句「但沒在倉儲室工作過」，重新環視四周。櫃子上堆滿書籍以外的器材，雖說不是完全不可能，但怎麼看都不像存放庫存周轉率差的滯銷書的地方。

「庫存書放在哪邊？」

「這裡。」

「躂」一聲，槙乃併攏雙腳，站在原處，開心地望著一頭霧水的我，慢慢將波浪長髮撥至身後。

「我說了，在、這、裡、啊。」

躂、躂、躂、咚，她配合說話的節奏踏響地板。

我注視眼前的地板，槙乃單腳將散落地面的雜物和紙張掃到旁邊。

終於露面的地板上，出現類似廚房地下儲藏室的把手。

「欸，你知道嗎？史努比的狗屋下，有個很大的地下室。」槙乃直視著我，鼓起臉頰大笑：「事實上，『金曜堂』也一樣。」。

「花生開門！」

她半開玩笑地喊出咒語，蹲下拉住把手。一次只容一人通過的小小入口隨即現身，洞口一片漆黑。

「不好意思，呃……」槙乃欲言又止，掩住嘴角。「抱歉，還沒請教你的大名。」

「啊，倉井，倉井史彌。」

「倉井、史彌、先生。」槙乃連點三次頭，側過脖子問：「可以直接叫你『倉井』嗎？」

「請便。」

「好，倉井，能不能幫我把櫃子裡的手電筒拿來？」

我按照吩咐，從倉儲室的櫃子裡取出兩支異常巨大的手電筒，將其中一支交給槙乃，跟隨她把腳伸進全黑的入口。

入口頗小，通往地下書庫的路卻猶如廣大的迷宮。不知爬下多少段狹窄的階梯後，我們來到彎彎曲曲的暗道，接著再次下樓梯，邊轉彎邊前進。我幾乎失去方向感，努力推測從車站的天橋要怎麼走才會通向地下室，但完全沒有頭緒。走著走著，眼前出現彷彿通向地獄底層的長階梯。

通往地獄的階梯並無明顯的高低差，不僅十分狹窄，而且沒有扶手。我深怕滑倒，下樓梯時相當緊張。只見槙乃熟練地拿手電筒照亮腳邊，隨著搖曳的光影，富節奏地「躂、躂、躂」踏著輕快的腳步。總覺得喊「等一下」就輸了，我逞強追上她。

漫無止境的階梯倏然中斷，耳邊響起按下按鈕的「喀嚓」聲，無數日光燈同時閃爍亮起。多虧光線，我總算明白身處一個細長的空間，天花板很低，以我的身高只要跳起來就能摸到。不單如此，還有成排的鋁製厚書櫃，收藏數量多到令人目眩的書籍。

我茫然佇立原地，說不出話，槙乃輕輕一笑。

「這裡是『金曜堂』的地下書庫，非常驚人吧？完全不輸史努比的狗屋地下室。」

「這應該不叫地下室，而是……」

我吞了吞口水，盯著細長的地面旁凹下的區塊，只見兩條鐵軌延伸而出，中央鋪著枕木。

「這是地下鐵的月台？」

「沒錯，很酷吧？」

槙乃爽快承認，接著告訴我，當初計畫要在這裡興建通往東京的地下鐵，後來因戰爭爆發中斷。

「本來已蓋好月台，隧道也挖到一半。經過漫長的歲月，最後成爲廢棄的地下空間。」

我望向另一端。這座不知通往何方的地下月台，渾然不知地面上瞬息萬變的時代變遷，只是維持著舊姿，靜靜躺在地底。我感受到一股寒氣，不禁打顫，抱住手臂。

「啊，會冷嗎？抱歉，我暖氣剛開。」

「有暖氣？」

「嗯，還有冷氣，濕度也控制在最佳狀態，全是爲了保存書籍。」

經她一提，暖氣確實慢慢從腳邊升起。我似乎露出呆滯的表情，槙乃抱歉似地縮縮肩膀：「對不起，不是最原始的樣子。」

「『金曜堂』開幕前，阿靖……啊，就是金髮的老闆，他提出構想，希望利用廢棄月台當書庫。我們取得大和北旅客鐵路局的同意，在這裡裝設空調，將耐震度提升到符合標準，小心維持原貌，只進行必要的修繕，最後就變成這樣的狀況。」

「我想也是，不可能完全一樣。不過，這裡眞的很棒！」

我走向最近的書櫃。和店面不同，這裡有許多初版單行本與新書開本（註），書籍分類相當詳盡。此外，不時瞥見出版商停止販賣的絕版書，及大型書店或網路書店無庫存的

註：尺寸約為十七．三×十．五公分，外觀較為細長的叢書開本，始自岩波書局。

稀有書。

儘管少有例外，但書基本上會退回出版商，因此街上的書店通常只能多進暢銷書，賣不出去的書則以最快的速度退貨。經營很重要，關係著營收。書店沒有錢也沒有多餘的空間囤放賣不出去的書，補書亦要全盤配合顧客需求，這是毋庸置疑的經營之道——爸爸從前常將這句話掛在嘴邊，所以我忍不住問：

「留下這麼多滯銷書，沒問題嗎？」

「哦，光看就知道是滯銷書，倉井是愛書人呢。」

槇乃看起來很高興，我窘於回答。但她不以爲意，繼續道：

「這些是倒閉的當地書店留下的『過期書』。」

「過期書——所以，這些全是『無法退貨的書』嗎？」

我仰起上半身，眺望書櫃。

「是的，我們原原本本接收對方的庫存，沒花半毛錢。」

「咦，留下這麼多書就倒閉，想必是被逼到走頭無路。」

我深表同情，但槇乃的神色毫無變化，指向前方第二座書櫃。

「庄司薰的小說在這裡。」

電車永遠不會進站的月台，響起槙乃與我的腳步聲。

這位作家的書僅占巨大書櫃的小小一角，而且放在必須屈膝才能看到的位置。著作一字排開，輕鬆霸占一、兩排書櫃的作家不在少數，因此，當我看見這寥寥數本，不由得呢喃：「好少。」

「是啊，庄司薰確實算是產量少的作家，可是……」

槙乃中斷話語，在我身旁蹲下。

我們面對面，距離近到能感受彼此的呼吸，我緊張得盯著地板。她的眼睛好大。光影在她瞳眸裡投下細微的漸層，當中不含一絲陰霾。她彷彿能看穿我雜亂的思緒，害我無法放鬆。

「《當心小紅帽》、《別了，黑頭巾蒙面俠》（註）、《我最愛的藍鬍子》，及你在尋找的《聽不見天鵝唱歌》。庄司薰撰寫的『阿薰四部曲』改過版，也出過文庫版，中間換過出版社，發售將近五十年仍廣受歡迎，**並未絕版**。」

註：日本作家高垣眸，於一九三五年發表的系列小說，曾改編為電影及電視劇。

「五十年沒絕版……」

「沒錯，日本是瞬息萬變的國家，東西不斷推陳出新，庄司薰居然能寫出四本延續近半世紀的小說，不覺得很偉大嗎？」

槙乃輕輕撫過書背，「阿薰」系列每集都排放三本庫存。「可以看看嗎？」我一邊詢問，從架上抽出三本《聽不見天鵝唱歌》。

「我們店裡沒有初版的單行本，不過收藏了所有文庫版。」

我聽著槙乃的說明，茫然望著手中的三本文庫版。爸爸書櫃上的是哪一本？我高中時能隨身攜帶，應該是文庫版沒錯，只是有三種……

槙乃露出抽鬼牌般的認真表情，仔細比較三本書，問道：

「倉井，令尊今年是多大歲數？」

「咦？」

我突然語塞，腦海浮現父親穿著英國訂製的筆挺西裝，坐進迎接他的混合動力車裡的模樣。當時的他既年輕又健康，不是現在無法染髮、頭髮灰白、一身藍色睡衣的模樣；不是那個臉瘦了一圈、皺紋滿布，連寬鬆睡衣也難掩皮包骨的人。

我拿距離最近的那本擋住臉，無意義地翻動頁面。

「差不多……五十五、五十六歲吧。」

「我明白了。」

槙乃認眞地點頭，咻地豎起食指，指著我正在翻閱的這一本。

「那麼，令尊書櫃上的，就是這個版本。」

「咦，妳知道？」

看見我訝異的模樣，槙乃皺了皺小巧的鼻子，聳肩回答：

「倉井，你提過那是『父親學生時代讀完後珍藏的書』，對吧？這本新潮文庫版是前幾年出的，可先刪除。剩下兩本都是中公文庫推出的，綠色封面的這本是在二〇〇二年出版，一樣可刪除，剩下一九七三年首度出版的文庫版，應該是它吧。」

槙乃迅速從我手中抽走不符合條件的兩本。我闔上手中的中公文庫版，仔細確認封面。

水彩暈染的淡藍色封面上，簡單畫著一隻天鵝。天鵝凝視飛行的方向——恰恰是封面右上角，神情寂寞卻不失堅強。我依稀看過這個封面，但也可能是錯覺。

「如何？」

槙乃徵詢我的意見。我翻開中間的頁面，不置可否地回答：「不確定。」文字擁擠地排在泛黃的頁面上，不論行數、字數都比時下的書多，造成視覺上的壓迫感，恐怕只有愛書成痴的人才讀得下去，至少我提不起興致，視線一下就移開頁面，接著問：

「不好意思，問個蠢問題，天鵝會唱歌嗎？」

「好問題……傳聞中，天鵝只在死前展現美麗的歌喉——」

我知道槙乃爲何突然中斷，誰教我又掉淚。說來丟臉，一聽到能聯想起爸爸的關鍵字，我就反射性地掉淚。可是，愈是著急，眼淚愈是停不住。

「啊，這是、該怎麼說……」

見我陷入恐慌，槙乃輕輕伸出小手，按住我的肩膀。

「年輕人，你先冷靜下來。」

槙乃輕柔地安撫我，瞅著我微笑。儘管不是魔法咒語，但那不帶慌亂和同情的話語，對我十分奏效。確認自己停止哭泣後，我用力吸氣、吐氣，做了個深呼吸。身體因殘留在地下月台的冷空氣發抖，我鼓起勇氣一口氣說完：

「父親生病了。」

剛住院時，爸爸在病房戴上老花眼鏡，半開玩笑地說要盡情看書，但隨著化療副作用加劇，轉眼間身體變得相當虛弱。

別說看書了，爸爸連談笑和起身的力氣都沒有，成天弓著背，不停痛苦喘氣，而我只能看著他，無能爲力，連替他擦身體都感到恐懼。不，坦白講，我是覺得噁心。明明不是傳染病，但我光是和爸爸單獨待在寬敞華麗到毫無意義的白色病房，每次呼吸，某種沉重、黏稠的暗影都彷彿鑽入肺部，逐漸侵蝕我。我厭惡這種感覺，厭惡生病的爸爸。

我表面上粉飾太平，因此益發鄙視自己。爸爸三度結婚的對象沙織——我的繼母，忙著照顧三歲的雙胞胎女兒，無暇顧及病人，所以我主動提議照顧爸爸。明明覺得噁心，我卻勤奮地帶替換衣物過去，穩健招呼來探望的公司同事，扮演孝順的兒子。然而，這都是對外的表象。我勤勞更換鮮花、切水果，面對爸爸的排泄物與身體清潔卻是能逃則逃。只要爸爸嘔吐，我就按下護士鈴。不知爸爸如何看待這樣的我？

——史彌，是你從爸爸的書櫃裡拿走《聽不見天鵝唱歌》，對不對？差不多該還給我了吧？

爸爸許久沒和我提到書，是我愧對他，於是心想一定要歸還。總覺得那本書是爸爸的求生希望，不，我多希望是如此。

「我想了想，還是這個版本比較好。」

槙乃說著，將綠色背景上畫著天鵝與青年插圖的版本塞回我手中。

「新潮文庫版嗎？」

「嗯，這是針對時下年輕人推出的新版本，排版讀起來很舒服。」

槙乃似乎看穿我對老舊、視覺上充滿壓迫感的中公文庫版舉了白旗。我困惑地翻到封底，讀起內容大綱。槙乃如同電視購物節目的主持人，滔滔不絕地介紹「兩本書內容一樣，不過新潮文庫版增添新的後記」，最後她鐵口直斷：

「倉井，等你讀完，這本書就會**變成**令尊想看的書。」

「什麼意思？」

槙乃不直接回答，攤開雙手，像準備揭開謎底的魔術師。

「買了各種版本的《聽不見天鵝唱歌》給令尊，但你讀過任何一本嗎？」

「沒有，我沒看……」

我心虛應道。一心想著「要快點把書還給爸爸」，我跑了許多書店，逢書就買，時常連同書店的袋子一併交給他，完全沒拆封。

「那麼，請你看看吧。讀過後，你就會明白令尊想表達什麼……」

「不，可是，我的讀書心得總是和大家不一樣，有時甚至沒什麼感想，讀不出作者要傳達的訊息……」

我反覆強調曾對和久與栖川說過的話——我沒資格看漫畫和小說，槙乃卻一笑置之。

「看書才不需要什麼資格。」

「可是……」我吞吞吐吐，槙乃繼續道：

「讀書是最棒的個人體驗，每個人的感觸當然不同，讀者沒義務努力理解作者想傳達的主旨，只要讀得愉快就好，心得不需要和大家一樣。」

——你自己讀讀看吧。

耳朵深處響起爸爸的話聲。還記得上小學時，我常跑進點著鎢絲燈泡的家中書房，從爸爸的木製書櫃抽出書，轉頭問：「這本好看嗎？」爸爸總在黑色皮革沙發坐下，笑咪咪地告訴我：「你自己讀讀看吧。」他或許會告訴我書籍大意，但我從未聽他說過讀後感。一次也沒有。

「最棒的個人體驗嗎……」

我仔細咀嚼槙乃的話語。爸爸是否想這樣告訴我？不僅如此，他希望我親身體驗。我懼怕眞實世界的人際關係，只敢隔著鏡頭活在世上。平日的生活和興趣全是爲了豐富社群軟體，沒有屬於自己的興趣。

我重新審視手中的文庫本封面。

「聽不見天鵝唱歌　庄司薰」。

爸爸從不將他的讀書心得灌輸給我，不特意推薦我看哪一本書。小學時每次去書房，他都對我說：「挑你喜歡的看吧。」

——我想看的不是這一本。

難不成他是希望我讀這本書，才會如此拐彎抹角？

我輕輕翻開封面。長年緊閉的書頁接觸到地下的空氣，發出劈啪聲。

「我要買這本。」

我小聲開口，將新潮文庫版的《聽不見天鵝唱歌》遞給槇乃。

「感謝捧場。那麼，我們上去結帳吧。」

槇乃鄭重地雙手接過文庫本，輕笑轉身。

❀

結完帳，和久依然坐在茶點區，向我搭話：

「好慢，剛剛回東京的電車走了。」

「什麼？」

我迅速瞥槙乃一眼，她伸長脖子，確認掛在結帳櫃檯後方牆面的時鐘，用輕鬆的語氣道歉：「哎，對不起。」

「我好像太悠哉了。」

「沒辦法，我等下一班吧。」

「剛剛就是最後一班。」

栖川簡短說明，我只能發出錯愕的叫聲。

「還不到十一點耶……」

「星期五都這樣，你放棄吧。」和久顯得漠不關心。

「不行啦，那我今晚要住哪裡？」

「誰知道。」

和久瞇起眼，彷彿在看好戲，還發出「喀喀喀」的笑聲。這個人眞的是惡魔。

我手足無措地抱著包上「金曜堂」LOGO的紙書套（就是栖川剛剛在吧檯裡摺的東西）的文庫本，櫃檯裡的槙乃見狀，爽快地說：

「你可以留宿啊。」

「咦，留宿在哪裡？」

我下意識地反問，腦中自動飛出各種想像及畫面，驚慌不已。

「這裡啦，這裡。當然是指書店，你想到哪裡？啊？」

和久惡狠狠地瞪著我，我一時語塞，槙乃怡然自得地說：

「剛好今晚要改變書櫃陳列，我們應該會留到很晚。搬書可能會很吵，環境不是十分舒適，若你不嫌棄，歡迎夜宿『金曜堂』。我借你被子，晚上會把空調開著，你可以睡在茶點區的沙發。不過……你得忍耐一天不洗澡。是我害你錯過末班車，會請你吃宵夜當成賠罪。栖川，好嗎？」

栖川點了個頭，撥開額前蓋住藍眼睛的直順黑髮，迅速將鍋子放上瓦斯爐。

我不曉得該如何回應，視線落在懷中的文庫本，忽然覺得這是好機會。

如果是在一夜限定的書店裡，在性格有些奇怪的店員注視下，不習慣閱讀的我，說不定能一口氣看完這本書？

「我決定借宿一晚。」

我突然充滿鬥志，槙乃開心地眨眨眼。

栖川俐落地在茶點區的廚房吧檯上煮宵夜的年糕湯。剛剛做了磯邊卷，現在又煮年糕湯，難道是正愁消耗不完過年吃剩的年糕嗎？

碗裡可見烤年糕、雞腿肉、小松菜及魚板，上方漂著柚皮，湯汁是風味絕佳的醬油湯底，和我家的年糕湯沒有太大的不同。

「好像在過年。」

我沒有嘲諷的意思，但並肩坐在吧檯前的槙乃與和久，及將高腳椅拉進吧檯裡坐的栖川卻面面相覷，輕輕笑了一下。

「冰箱裡有水果蜜豆，肚子餓就拿去吃。」

栖川說完，槙乃與和久再次發笑。我不懂他們的笑點，感覺被排除在外，有點傷心，但更多的是不甘心。

不過，以老闆和久爲首的「金曜堂」店員全部前往地下室進行更換書櫃擺設的作業後，我獨自看起書，隨即明白他們在笑什麼。

小說裡出現年糕湯與水果蜜豆。

主人翁阿薰和他的青梅竹馬由美，面對面坐在讀小學時常去的日式甜品小店「若草」。由美吃了水果蜜豆，阿薰吃了兩份年糕湯與兩塊磯邊卷。總覺得阿薰吃得有點多，但書中描寫得十分美味。倘若栖川是預料到我會飢腸轆轆才準備那份菜單，不愧是書店咖啡廳的主宰。

我跳下高腳椅，移動到唯一的桌位繼續閱讀。靠在天藍色沙發椅背上，燈光剛好非常適合閱讀。

每逢春天來臨，阿薰都會興奮莫名、喜不自勝，但他絕不在人前表露心情，嚴守奇特的堅持，努力生活。阿薰刻意隱藏的男性自尊十分難懂，應該是屬於「小男孩」的纖細敏感吧。遺憾的是，我的心思沒這麼細膩，要說的話，我比較像會坦率表達「春天來了，所以很高興」的由美。阿薰認爲率直是女孩才有的特質，可是身邊明明不少和我一樣的男孩，難道是時代不同的緣故嗎？一九六九年時，阿薰十九歲，要是看見現在的年輕人，他會不會哀嘆日本的未來完蛋了呢？

隨著故事進展——不，是主導著故事進展，阿薰不斷揭露出各種「男性主張」，我則以輕鬆的心態閱讀，不時疑惑挑眉、納悶歪頭，甚至用力點頭，但這些反應只出現在一開始。

劇情從阿薰陪同漂亮姊姊小澤去拜訪她的祖父後漸漸變得沉重。光是想像故事的情境，我的背便滲出冷汗。愈讀阿薰的獨白，身體愈是深陷沙發，無法動彈。

我好幾次都不想再讀，眼睛卻追逐著文字，冷汗狂流地看著阿薰碎嘴說書。

「你讀得挺快的。」

耳畔響起話聲，拉回我的思緒。

我急忙回頭，看見身後的槙乃。她墨綠色圍裙的右肩帶向下滑落，頭髮蓬亂，雙頰微微泛紅。

「妳……妳剛剛在幹麼？」

「咦？調整書櫃呀。」

「看起來像在從事重度勞動。」

「書和漫畫一多，當然很重。」

槙乃說著，刻意咚咚咚地輕敲肩膀。

「累歸累，但明天附近的野原高中體育館要舉行籃球比賽，會有許多其他學校的籃球隊員搭車過來，我們是車站書店，當然得利用機會多擺學生喜歡的書籍和漫畫。」

她朝我招招手，要我過去。跟隨槙乃走進賣場，只見堆滿直木獎得獎作品的平台不知不覺間換成《灌籃高手》、《HI5!》、《灌籃少年》（註一）等籃球漫畫，並且交替擺放著《我們的空中接力》（註二）、《衝吧！籃球少年》（註三）、《THE FIVE 籃球之星》（註四）、《The Last Shot》（註五）等籃球相關的小說及非小說作品，平台一端還擺上一隻穿籃球服、懷抱籃球的小熊編織玩偶當裝飾。

「……只為了明天，就特地換成這些書嗎？」

「是啊，比賽只有一天。」

槙乃理所當然地回答，我不得不讚嘆她對工作的熱情。

「真厲害。」

可是，槙乃似乎搞錯我稱讚的對象。

「很厲害吧。」她點點頭，指著小熊編織玩偶。

「這是栖川做的，他的手十分靈巧。」

「啊，我不是指玩偶……不，做玩偶也滿強的……」

槙乃開心地抖動肩膀呵呵笑，走回茶點區，一面問：

「倉井，你之前打工的書店不常改變書櫃配置嗎？」

我急忙轉移視線，乾咳幾聲。槙乃的大眼睛仍閃閃發亮，我馬上舉手投降。

「對不起，我說謊了。」

「什麼謊？」

伴隨撲通一聲，槙乃在天藍色沙發坐下。我坐在她的對面，用力深呼吸，一口氣說完：

「我不曾在書店打工。」

「咦，可是感覺你很熟悉……」

註一：以上三套籃球漫畫的作者分別為井上雄彥、松田尚正、八神浩樹，台灣皆有代理。

註二：五十嵐貴久撰寫的高中籃球隊青春小說，台灣無代理。

註三：松崎洋撰寫的暢銷籃球成長小說，台灣有代理。

註四：平山讓撰寫的真人真事傳記小說，曾改編為漫畫及電視劇（岸谷五郎主演），台灣有代理草花里樹所畫的漫畫版。

註五：達西．傅萊（Darcy Frey）執筆的報導文學。

「書店和書店用語我很熟悉，畢竟……我家代代經營書店。」

「哇，倉井，你們家是書店嗎？」

「不，住家和書店是分開的，店鋪分散在全國……總店是神保町（註）的『知海書房』。」

「『知海書房』！」槙乃睜大雙眼指著我，嘴巴一開一闔。「我知道，『知海書房』是業界最大的書店！倉井，你該不會是那位倉井社長的公子吧？」

「是。」我老實點頭。爸爸果然厲害——我彷彿置身事外，在心中讚嘆。

爺爺創業、現在交由爸爸經營的「知海書房」，是擁有百年歷史的老書店，在全國擴展超過三十家分店，確實如槙乃所說，是日本名列前茅的書店。即使沒聽過店名，人們一定也在哪裡看過海上帆船插畫的專屬書套。

其實，直到二十年前，「知海書房」都只是空有歷史的老書店，勉強在神保町維持生意。自從領先其他書店，導入電子書、資料與稀有書的數位化服務及電腦管理系統後，又進一步與圖書館、網路購物商城合作，積極發展事業多角化經營，一舉擴大規模。這全是爸爸的功勞。

爸爸以沉穩謙和的態度，達成振興老書店的野心。

——爲了避免客人淹沒在書海中，在重要的位置丟出救生圈，是書店的職責所在。

小時候，我常跑去「知海書房」的總店玩，將樓層販賣的書籍從封面到封底都仔細看過一遍，爸爸見狀，總會豪邁地告訴我這句話。這是倉井家代代相傳的經營之道？或者，爸爸只是在開玩笑？我到現在仍一頭霧水。

我就這樣一知半解地長大，漸漸不再去「知海書房」的總店玩。爲什麼？其中一個原因，可能與長大後行動範圍拓展有關，我的注意力漸漸受其他有趣的事物吸引。

不過，最主要的原因是——

「身爲書店老闆的兒子，我走進大書店卻會感到噁心不適。」

我推推眼鏡，唐突地吐露心聲。可以察覺到槙乃頓時屏息，嘴巴張成「O」字形。

「看到太多書籍、雜誌、漫畫，我會猛然想吐。」

槙乃蹙眉，換上認眞的表情，我搶在她開口前補充：

「啊，在『金曜堂』不會。說來奇怪，我連目睹超大型的地下書庫都沒任何不舒服的感覺，不過在『知海書房』就很慘，尤其知道掌管進貨的是父親，情況益發嚴重。」

註：位於東京都千代田區，為日本最大的書店街。

「爲什麼？」

槙乃的語氣柔和，恰似她柔軟彎曲於肩部的波浪長髮。

「妳相信嗎？他像是刻意燃燒自己的生命，舉凡小說、散文、非小說，甚至繪本、漫畫……一旦出了新書，他就日以繼夜地猛讀。那已超越個人喜好……沒錯，超越一切。父親將各式各樣的故事和主張一股腦吞下肚，對於求知無所畏懼。這究竟是書店經營者的態度，還是身而爲人的器量？我搞不清楚，只知道自己肯定無法效法父親。察覺自身的底限，我索性不再接近『知海書房』，可是……」

至少直到國中爲止，我都努力想瞭解書。儘管不可能把「知海書房」的書都看過一遍，但我悄悄發下宏願，至少要將爸爸書櫃的藏書都看完。

如今，到了二十歲，達成之日遙遙無期。

爸爸拋給客人的救生圈，沒有成功送達兒子手中。我害怕溺斃，拒絕走向大海。海好恐怖，我討厭海。我用力踩在沙灘上，不肯前進。曾幾何時，爸爸也不曉得該怎麼向兒子丟救生圈了。

爸爸許久沒對我提起書。他向來沉穩，我們沒發生衝突，閒話家常也挺愉快，唯獨談及書，我會渾身不自在，啞口無言。明知這樣非常自私，但我無法適應這股沉默，那令我感到哀傷及悔恨，於是我加倍意氣用事，徹底逃離書。

我總是在遠方抬頭望著爸爸，直到他倒下，才深深驚覺他多麼無助，焦急不已。

我把玩鏡腳，嘆一口氣。

「父親結過三次婚，有四名同父異母的小孩，我是長子，也是唯一的兒子。『知海書房』是家族企業，親戚一定很期待我繼承家業。」

「令尊也是嗎？」

「他什麼都沒說，但……」

我用力握起平貼在牛仔褲上的手掌。

「我有自知之明。我做不到，不可能和父親一樣厲害。我不適合經營書店，他應該知道我的想法。」

槇乃十分專注，彷彿不願漏聽任何細節，緊盯我的下巴一帶。接著，她突然呢喃「肚子餓了吧」，起身走向吧檯內側，從冰箱拿出兩份水果蜜豆，放上托盤返回。

「來，由美，請用。」她將裝著水果蜜豆的懷舊玻璃碗推到我面前。我頓時僵住，完全不知該如何反應，槇乃轉動大大的眼睛，側頭問：

「在『若草』點了水果蜜豆的是由美，對吧？」

我終於點頭，將罐頭食品常見的鳳梨和寒天一起放入口中。我用臼齒嚼著冰涼的寒天，忽然擔憂：是不是透露太多私事？

「對喔，『金曜堂』的各位都讀過《聽不見天鵝唱歌》。」

我捧起玻璃碗，刻意改變話題，槙乃露出一貫的笑容。

「畢竟是『星期五讀書會』的指定讀物。」

「啊，是和久提到的讀書會嗎？」

「嗯，那是我高中時創辦的同好會，讀書同好會。由於固定在每星期五聚會，又叫『星期五讀書會』。」

「換句話說……你們是同學？」

「是的，我們是非常非常重要的夥伴。」

槙乃用珍重的語氣說出這幾個字，捲著微帶波浪的髮絲，一雙杏眼凌厲無比，彷彿能看穿我，眼珠的顏色愈接近中心愈深濃。

「倉井，你讀到哪裡？」

我放下正要撈香蕉塊的木湯匙，翻起蓋在桌上的文庫本。槙乃瞥過我指的頁面說：

「哦，看來今晚就能讀完。」

「大概吧。」

「一定可以，因爲你很喜歡看書。」

妳是不是在愚弄我？我不作聲地回望。「嗯？」槙乃一臉平靜地側著頭。

「我該回去工作了，請慢慢享用。」

槙乃爽快起身，撫平圍裙的皺褶後離去。桌上留下她用過的玻璃碗，裡面不知何時空了。

我數度在沙發重新坐正，繼續閱讀。

理所當然，我和槙乃交談的期間，書中世界就停滯了。阿薰、由美、小澤各自懷抱苦衷，呆立原處。終於，小澤那學富五車且過目不忘的偉大叔叔，慢慢步向死亡。雖說人命不分輕重，但這位叔叔的死亡占據整部小說的核心，爲每個登場人物掀起無窮巨浪。

此刻，爸爸正在與病魔搏鬥，說不定會死亡，我的心也遭受巨浪沖擊。

由美和小澤面對這位叔叔的死亡，表現得脆弱易感。她們的心靈逐漸扭曲，愈來愈無法展現出溫柔的一面，阿薰用盡全力阻止事態惡化。

我懂阿薰的心情。不論他是不是意氣用事，我都能體會那種感受，但那不過是男人……不，是人類理想的形象，一如強到不像話的超級英雄。我有點看不下去，忍不住在心中挖苦：「哪可能這麼強。」

——來，由美，請用。

槇乃的聲音縈繞耳畔，我彷彿被雷打到，反射性地闔上書頁。接著，我又急忙翻回前面，輕聲應道：「我懂了。」

原來我是由美。

讀這本書的時候，我一直以爲，爸爸要我成爲「和阿薰一樣的男子漢」。但我搞錯了，徹徹底底搞錯。爸爸是希望我明白，我現在的心境就像由美。

女孩畏懼偉大之人的死亡，無從拿捏面對死亡的距離。可是，不論自己或身邊重要的人此刻多麼健康，遲早都要面臨一死——女孩見證這一幕，平常根本無法想像的溫柔之心油然而生，借用書中的話來形容，就是「想對著西沉的巨大夕陽吹奏草笛」。然而，當女孩實際面對瀕死的病人，卻感到身心不適。男孩也怕死，爲了確認自己還年輕、腳踏實地活在世上，他待在最近的地方，徹底敞開心扉，卻又最不想被看輕。女孩的反應，無疑令他難堪。

果然沒錯，儘管性別不同，但由美的所作所爲，和我一模一樣。

「唉……」

我痛苦地搗臉扭動身體，猛然吃起玻璃碗裡殘留的水果蜜豆。宛如給最後魔王的致命一擊，我用力吃下鳳梨，吃下橘子，吃下水蜜桃，咬碎紅豌豆，吞下寒天，猛嚼求肥（註）。在書中，由美漸漸食不下嚥——連她最愛的「若草」水果蜜豆也不例外。或許，我想至少針對這一點進行抵抗吧。

我抿嘴思忖。

阿薰小心看顧著由美的一舉一動，慎選用詞開口：該怎麼說，我不太希望妳待在病人或快死的人身邊，但我眞的、眞的不是故意的。這邊的阿薰一定就等同爸爸。儘管爸爸的年齡和境況比較接近小澤的祖父，但我認爲他就是阿薰。

自從爸爸生病，我順從地決定繼承家業，原因自己也不清楚，還產生自卑感。我做著不適應的看護工作，最後甚至打算休學陪伴爸爸。爸爸恐怕是察覺兒子埋頭苦幹卻弄錯方向，很想點醒我吧。

可是，若由爸爸開口，缺乏自信的我肯定會認爲挨了罵，將爸爸的好意當成命令。所

註：一種用糯米粉或麵粉加入糖漿揉成的和菓子，極具嚼勁，因此又寫為「牛皮」。

以，他千方百計想讓我讀《聽不見天鵝唱歌》，賭我會從故事裡感受到他的焦急與溫柔的鼓舞。

與其因生病而獲得溫柔的對待，我寧可痛快赴死。與其因瀕死而被愛，我寧可像大象一樣，在死前悄悄躲起來，獨自迎接死亡。十九歲的阿薰如此慷慨激昂，不知年過五十的爸爸，是否感同身受？

我總算將木湯匙丟進空玻璃碗，癱倒在沙發椅背上。雙眼繼續追逐文字，爸爸的臉龐卻在腦中揮之不去。好不容易，他的臉龐與我僅在照片上看過的年輕模樣重疊，年少的爸爸又慢慢變成我的影像。

我將讀畢的文庫本靜靜放在桌上，槙乃彷彿算準時機，走出倉儲室。

「我看完了。」我告訴她。

她細細端詳我的神色，微笑應道：「太好了。」

「如此一來，你就能把書還給令尊。」

我輕撫書封，點頭說「是的」。如今我由衷深信，這就是爸爸想看的書。

「回東京的第一班車在五點五十九分發車，還有一些時間。」槙乃將兩個空玻璃碗放上托盤，走向吧檯。「我來沖熱咖啡吧。」

「栖川他們呢？」

「順利完成任務，睡著了。」

「在地下月台嗎？」

「地下書庫。爲了應付這種情況，那裡備有簡易小床。」

槇乃的表情帶著些許得意。我點點頭，脫口詢問：

「『阿薰系列』還有三本？我全都讀讀看吧。」

「謝謝，以後別再說討厭看書，或不敢進書店喔。」

槇乃專心盯著虹吸式咖啡壺的玻璃壺，神情像極在進行實驗的科學家，一雙大眼睛變成鬥雞眼，宛如孩童在玩瞪眼遊戲。

「南店長，這次多虧妳的幫忙。」

我鄭重道謝，槇乃急忙回神，以竹籤攪拌濾嘴邊低下頭。咖啡的香氣輕搔鼻腔。

「好香。」

「是啊，可是……」槇乃頓了頓，神情頗爲羞怯地說：「我沖不出配得上香味的好喝咖啡。」

❀

聽說去北關東某間小車站的書店，便能找到想看的書。

至少就我和爸爸的情形，網路上的傳聞是真的。

三月下旬，我搬出位在廣尾的老家。離開土生土長的東京，是因我讀的大學科系將從大三起更換校區，我索性決定搬去學校附近住。

那天回到東京後，我馬上前往探病。遞出包著「金曜堂」紙書套的《聽不見天鵝唱歌》，並且告訴爸爸，我不打算休學了。爸爸笑咪咪地收下新潮文庫版的《聽不見天鵝唱歌》。

——對對對，我就是想看這本，謝謝你。

——嗯。啊，我正在看《當心小紅帽》。

——是嗎？爸爸我啊，劉宇昆（註一）的《摺紙動物園》才看到一半，希望身體快點恢復，繼續把書看完。

我還是和從前一樣沒自信，對於將來毫無想法。不過，睽違多年和爸爸聊書，想到今後也能繼續聊，心情頓時輕鬆不少。

搬到租屋處，整頓完畢的星期五，我從離住處最近的竈門車站，搭上蝶林本線的去程電車，從輕型背包裡拿出一本書讀了起來。

從「金曜堂」搭車返回東京時，我翻開「阿薰系列」的另外三本，沒多久就全看完，目前在讀田丸雅智（註二）的《海色之罈》（註三）。

我往上推了推鏡架，凝視窗外的風景。

夕陽染紅車窗的上半部，擁有兩座月台的野原車站愈來愈近。今天三號線月台依然沒有使用的跡象。

電車門一開，我就跳上月台，直奔月台一端，衝上樓梯。

樓梯前的天橋底下，「金曜堂」正在營業。相隔沒幾週，我卻彷彿許久未見。

註一：美籍中裔科幻作家，二〇一二年憑藉短篇小說《摺紙動物園》（*The Paper Menagerie*）一舉摘下星雲獎最佳短篇故事獎和雨果獎最佳短篇故事獎，成為全球矚目的作家。

註二：一九八七年出生的日本文壇新銳極短篇作家，風格清麗抒情。代表作《夢卷》、《海色之罈》亦在台灣出版。

註三：二〇一六年坎城影展《海酒》的原著小說，獲得日本Twitter文學獎及樹立社極短篇大賽首獎。

我調整呼吸，順了順頭髮，重新戴好眼鏡，慢慢走過去。經過透明玻璃牆、確認張貼於茶點區側邊牆壁的海報還在後，我刻意繞回賣場方向的自動門。

槙乃在店裡更換季刊，棲川在茶點區的吧檯夾著雜誌附錄，再以尼龍繩將雜誌綁緊（註），和久事不關己般坐在棲川面前，一手端著咖啡，閱讀包上「金曜堂」紙書套的文庫本。大概是星期五的關係，店裡不見其他顧客。

我朝「南店長」槙乃的背後出聲，她立刻發現我。

「啊，你是買下庄司薰《聽不見天鵝唱歌》的……」

只是，她顯然忘記我的名字。

「對，我叫倉井，買了《聽不見天鵝唱歌》，還買了《當心小紅帽》、《別了，黑頭巾蒙面俠》和《我最愛的藍鬍子》。我叫倉井史彌。」

「你今天想找什麼書？」

和久馬上插話，棲川也停下手邊的動作，一雙藍眸瞅著我。

「我今天不是來找書。呃，關於外面那張徵人海報——」

「你想應徵工讀生嗎？」

槙乃「啪」地合掌，眼睛睜得更大。我點頭交出履歷表，她看都不看就往圍裙口袋裡塞，箭步回到倉儲室，抱著一個洗衣店的塑膠袋回來，裡面裝著墨綠色圍裙。

「那麼，請你換上圍裙。」

「咦，現在嗎？」

「小少爺工讀生，不准抱怨！」和久毫無意義地恐嚇我。

「呃，可是現在又沒客人。」

「書店的工作不是只有應對客人！」

我沉默地凝視和久。

「幹、幹麼？我是老闆，鎮守店面就是我的工作。扒手是書店大敵，我要防範於未然，用力瞪著店裡——」

「阿靖笨手笨腳，沒辦法做捆包或封膜等工作。不過，他十分擅長拆封。對不對？」

槙乃只是陳述事實，沒有挖苦的意思。棲川安靜點點頭附和，和久大喊掩飾尷尬：

「廢話少說，快點工作！」

我向槙乃走出一步。

註：日本書店較少將書封膜或是裝進塑膠袋，為了防止雜誌裡的附錄滑落，會以尼龍繩或橡皮筋將雜誌綁住。

「呃，請問需要幫忙嗎？」

「這個嘛……」槙乃環顧店內一圈，牢牢盯著我，臉頰倏然泛紅。她在害羞嗎？剛這麼想，她便將大大的眼睛、小巧的鼻子與亮澤的嘴唇湊上來，就算我想轉移視線也辦不到。

「先讓我說完，倉井……」

咦，該不會突然告白吧？當著大家的面？

我還在心慌意亂，槙乃就張開雙臂說：

「歡迎蒞臨『金曜堂』！」

新春與書本的香氣迎風飄來。

第2章

想當馬羅還嫌太早

我敲敲倉儲室的門，門應聲打開，店長槇乃探出頭。

「倉井，退貨單寫好了嗎？」

「啊，還沒。對不起，請再給我一點時間。」

我彎腰道歉，差點弄掉手中的原子筆。

來到偏鄉車站書店「金曜堂」打工，眼看就要邁入一個月，我仍是不成戰力的菜鳥。我的爸爸是全國大型連鎖書店「知海書房」的經營者，拜此所賜，從小書店就是我的遊樂場。然而，即使比一般人瞭解書店店員的工作內容，我依然每天深深體悟到「以顧客的身分逛書店」和「以店員的身分在書店工作」完全是兩回事。

顧名思義，退貨就是把雜誌、書籍退回出版商。我以為現在大多數的書店都採電腦化處理，這麼做能節省時間、提升效率。

沒想到，「金曜堂」的退貨單是採手寫。槇乃表示：「只要明白手寫退貨單的辛苦，以後就不會草率下訂。」聽來頗有道理，但我僅僅是一介菜鳥，這簡直是考驗耐力的地獄工程。跟槇乃、栖川等老練的書店店員相比，我真的要付出好幾倍的時間才能完成。這間書店的客流量不多，但店員人力有限，花這麼多時間寫退貨單，我實在很沒用。

槇乃看看我，又看看一大疊空白退貨單，大大的眼睛骨溜轉動。

「不好意思，你先去站櫃檯好嗎？退貨單晚點再寫。」

「咦！」

「今天內我一定要決定下次新書的進貨量，栖川忙著招呼客人，阿靖回家了，實在人手不足。」

槇乃雙手合十拜託我。

現在多數書店都採用書商（即流通發行中盤商）的建議進行書籍下量，然而，「金曜堂」是由店長槇乃全權分配時間和勞力，親自決定所有細節。

從退書到進貨耗費的時間與心力，令我大開眼界。「畢竟我們是小書店。」槇乃如此解釋，但我明白小書店求生不易，不是想開就開。「知海書房」也曾是街角書店，後來在爸爸的經營改革下，轉型成全國連鎖的大眾書店，過程中不得不棄守許多傳統，我很高興在「金曜堂」看見這些傳統被保留下來，心底感到相當踏實。

總覺得接觸「知海書房」與「金曜堂」兩家性質完全不同的書店後，我心中的理想書店也會慢慢成形。

「我明白了。」

我推推眼鏡，用力點頭。

槙乃退到倉儲室後，我代替她值班櫃檯。星期天的夜晚，在店面角落的茶點區休憩的客人比逛書店的客人還多。

我和待在吧檯裡的栖川對上眼。他擁有純日式的烏黑秀髮、端整的鼻梁與細長的雙眼，唯獨眼珠是藍色的，是個散發異質光芒的美青年。栖川和我一樣，身穿墨綠色圍裙，毋庸置疑是書店店員，但他絕大部分的工作時間都在吧檯裡出餐和調製飲料。

我望向吧檯席，營造出懷舊氛圍的鎢絲吊燈的橘光下，一名神色疲憊的中年男子邊喝咖啡邊寫記事本。後方桌位有個小學生將大大的書包掛在椅背，慢慢吃著土耳其香料燉飯。

書店一隅的吧檯席平時總是遭阿靖──「金曜堂」的老闆和久霸占，但他今天不到傍晚就說「我養的兔子生病了，我帶牠去看醫生」，快速離去。和久總穿顏色誇張的薄西裝，留著金髮小平頭，怎麼看都不像正派人士，實際上家中可能從事**非法**生意，因此，聽他脫口吐出「我養的兔子」時，我嚇一大跳。相信嚇到的人不會只有我。

過了許久，終於傳來一小時只有兩、三班的回程電車進站廣播，茶點區的男孩起身揹起書包，到吧檯結帳後，跨越天橋走向月台，桌上放著吃不到一半的土耳其香料燉飯。

隨著電車到站，下車的數人在出站前停下腳步，瀏覽起「金曜堂」堆放於店頭的雜誌和新書，或看起槇乃手寫的矚目新書簡介海報和立牌。可惜行人多半趕時間，很少久留，只有一位小姐穿過自動門，走進店裡。

「歡迎光臨。」

槇乃習慣高喊「歡迎蒞臨『金曜堂』」，給予顧客不輸女僕咖啡廳的熱情款待，我做不來，以極其普通的方式打招呼。那位小姐板著臉，既未露出微笑，也沒看我一眼，逕自步向前方書櫃。

我的目光不禁隨著她移動，小聲發出驚呼。

她的肩包一角撞到我剛擺好的文庫本新書區，幾本書掉落地面。

明明發出巨大聲響，她卻徹底無視，完全不回頭查看。

——來書店的都是客人，千萬不能失禮。

現在正與病魔搏鬥，進行休養的「知海書房」社長——也就是我爸爸，過去時常向我耳提面命。他說的一點也沒錯，我卻不由得緊緊握起放在櫃檯上的左手。爸爸，並不是所有客人都是神，對吧？

我猶豫著究竟該默默將書歸位，還是先提醒她「請小心喔」。我不擅長與人交流，不過打工也是重要的工作，我需要邁出一步的勇氣。

我向茶點區的栖川投出求救眼神，不巧的是，他忙著接待剛剛下車進來的新顧客。茶點區的新顧客是個身高不輸栖川的高大男子，五官十分深邃。男子彎起長腿，在吧檯前的高腳椅坐下，認眞凝視虹吸式咖啡壺，不過當栖川爲他點餐時，他卻選了咖啡以外的飲食。只見栖川輕輕頷首，轉向後方的冰箱。

我放棄求救，走出結帳櫃檯，刻意發出聲響把書放好。即使如此，那位小姐仍不回頭。

年紀應該跟槙乃差不多，或是再大一點？我不會判斷女性的年齡。她穿著綠色條紋連身襯衫，肩膀寬闊，體格結實，可能有從事運動，深黑色的厚重頭髮在肩上剪齊，一對粗眉與微微吊起的雙眼充滿魄力。

「嗚！」

我發出心痛的哀鳴。回到櫃檯後，我眼睜睜看著她用力翻閱手中的文庫本，甚至聽見書頁破損聲。

我忍無可忍，再次衝出櫃檯。連幼兒園的小朋友都知道不能破壞商品，身爲成年人，她爲什麼不能將心比心，想想「這本書還有其他人要看」、「書能出版上架，中間經歷許多人的血汗」呢？

我發出腳步聲，對方依然沒回頭，背對著我用力翻開文庫本，高舉到面前。

「不好意思。」

第一次出聲遭到她的無視，我推了推眼鏡，提高音量：

「小姐，抱歉，書籍還沒結帳，請不要——」

我中斷話語，只見她突然闔上文庫本，丟進肩包。

居然有人光明正大地**順手牽羊**，我的腦袋頓時當機。

我扶著鏡腳，訝異得無法眨眼，她當著我的面準備走出去。怎麼辦？怎麼辦？偏偏在這種時候負責監視扒手的人不在，這下怎麼辦？一回過神，我已抓住她的胳臂。

「好痛！」

「啊，對不起。」

我反射性地道歉收手，隨即搖頭說「不對」，腦袋清醒過來。

「小姐，您剛剛是不是把書放進包——」

「你說什麼？」

對方揚起眉毛，射出凶狠的目光，我急忙擋在自動門前，推高鏡架不服輸地瞪回去。

「我看見您把文庫本放進包包裡。」

她挑起粗眉，臉撇向一旁。「您把文庫本放進包包裡，對吧？」我重複一遍，她望著別處點頭。

「對，那又怎樣？」

「您、您知道自己的行爲，給全國的書店帶來多大的困擾嗎？」

「啊？不知道。喂，讓開好不好？」

她直視著我，眼神依舊恐怖，語氣卻流露焦急。我張開雙手，作勢不讓她過去。

「不，我不走！遺失商品對書店的傷害很大，您或許覺得『只是一本，又不會怎樣』，但您是否想過，數十人、數百人的『一本』，加起來是多少本嗎？」

槙乃、爸爸、槙乃、栖川、槙乃、和久、槙乃……認識的書店店員的臉孔逐一在腦海閃現，儘管槙乃出現的次數似乎比較多，但肯定是錯覺。總之，正因深深瞭解這些人對一本書投注多少關愛，又是多麼誠心誠意面對尋找一本書的客人，所以我痛恨扒手。不，應該說是「覺得偷一本書也無所謂」的人。

但她露出惱怒的表情，對我放話：

「喂，我沒時間陪奇怪的店員玩猜謎遊戲。」

太過分了吧？我一陣惱火，不小心脫口而出：

「就、就是你們這種人，害街上的書店倒掉。」

「等等，你到底在說什麼？」

對方緊緊皺眉、凶惡的臉龐轉了過來，我還來不及回應，她又急忙看向另一側。只見她緊盯茶點區的另一扇自動門，眼睛睜得老大，但隨即收起目光，垂頭喪氣。

終於放棄抵抗了嗎？可惜，我太天真了。

對方緩緩抬起頭，氣得全身發抖，粗魯地翻找包包，將厚厚的文庫本遞到我的鼻前。

「《漫長的告別》（註）……」

我反射性地念出封面上的書名，感到有些不對勁。書裡貼著好幾張細長的便利貼。

對方彷彿看穿我的猶疑，命令道：

「打開來看。」

我戰戰兢兢地翻開書頁，五顏六色的畫線和註記映入眼簾。從翻頁的手感可知，這本書被經年累月地反覆閱讀。

註：*The Long Goodbye*，美國冷硬派推理小說家雷蒙．錢德勒於一九五三年出版的推理小說，為「馬羅」系列評價最高的一本。

我倒抽一口氣，對方冰冷地吐出一句：

「把**自己的書**收進包包，怎會害街上的書店倒閉？」

「對、對不起，我以爲——」

「以爲？你以爲我是什麼？」

她咄咄逼人地質問，我嚇得臉色發青，全身的毛孔噴出冷汗。我闖禍了。好巧不巧，偏偏得罪顧客。只因對方態度欠佳，我就懷疑**無辜的書店之神**，還自以爲是地說教，這些惡行怎麼想都不能原諒，是被炒魷魚也不奇怪的致命失誤。我甚至想像起在顧客面前跪地求饒的情景。

果然應該跪地求饒嗎？可是，萬一被錄影上傳到網路怎麼辦？會不會害傳說中「能找到想看的書」的「金曜堂」蒙上陰影？我的網路社群會不會被肉搜出來，演變成罵戰？

我一逕妄想著網路社會的黑暗面，嚇得無法動彈。這時，櫃檯後方的門輕輕打開。

「小姐，請問怎麼了嗎？」

響起溫柔又安穩的話聲，我幾乎快哭出來（其實已飆出眼淚），轉頭望去。

「南店長……」

「一言難盡。哦……南槙乃小姐？妳是店長？」

對方確認槙乃圍裙上的名牌後，高聲叫道：

「貴店專門誣賴客人是扒手嗎？」

槙乃睜圓大大的眼睛，交替看了看女客和我，手伸向背後，抓住倉儲室的門把。

「小姐，若是不趕時間，方便進來坐一會，告訴我詳情嗎？」

栖川從茶點區的吧檯內探出頭，擔心地望著我。吧檯前的客人已離開，栖川注意到店裡的騷動。

女客率先察覺栖川的視線，回頭看了他一眼，又轉向我，接著掃視槙乃，把她從頭到腳打量一遍，冷哼一聲。

進入倉儲室後，名叫豬之原壽子的女子沒理會槙乃的勸坐，站著抱怨我如何羞辱她。槙乃認真地附和，等豬之原徹底抱怨完畢，才深深彎下腰，鄭重道歉：「真的非常抱歉。」我急忙跟著低下頭。

「倉井史彌是工讀生？該不會是新人吧？」

豬之原抬起下巴示意我的名牌，我搶先槙乃點頭。

「是的，以後我會多加注意，不會再犯同樣的錯。」

「有沒有『以後』，還要跟南店長談過才知道。」

豬之原語帶威脅地說完，轉身離去。槙乃從背後喊住她：

「您把《漫長的告別》讀得滾瓜爛熟呢。」

豬之原沒回應，槙乃不以為意，繼續道：

「您喜歡冷硬派小說嗎？還是錢德勒的書迷？我們店裡下次想舉辦推理小說展，我很猶豫該不該限定為冷硬派。」

豬之原握著門把，回頭反問：

「妳自己呢？冷硬派和雷蒙．錢德勒，喜歡哪一個？」

「我都喜歡。啊，我也喜歡達許．漢密特（註一）、羅斯．麥唐諾（註二）、莎拉．帕雷茨基（註三）和大澤在昌（註四）。仁木悅子（註五）寫的『三影潤系列』也無法割捨……」

「妳純粹是愛看書吧。」

豬之原側頭聽著，似乎聽到一半就受不了，直接打斷。槙乃反倒開心回答「您說對了」，並微微一笑。

「可是，我特別喜歡《漫長的告別》。」

榎乃最後這句話引起豬之原的興趣，只見她撇成乀字形的嘴輕輕綻開，露出白齒。可惜回程電車的進站廣播響起，她再次抿嘴，走出店門。

榎乃彷彿什麼都沒發生，重新坐回桌前評估書籍下量，我趕緊彎腰道歉。

「眞的很抱歉，請不要開除我！」

「才不會開除你。」

榎乃似乎被戳中笑點，笑得肩膀輕晃。我彎著腰偷看她。

「一定是她的某些行爲引起誤會吧。」

「南店長……」

「倉井，不要哭啦。」

「我沒哭！」

註一：一八九四～一九六一，美國作家，冷硬派小說的先驅。

註二：一九五一～一九八三，美國冷硬派犯罪小說家，曾獲金匕首獎、銀匕首獎與推理大師獎。

註三：一九四七年出生的美國推理作家，曾獲曾獲金匕首獎、愛倫坡獎大師獎。

註四：一九五六年出生的日本知名推理小說家，獲獎無數。

註五：一九二八～一九八六，日本戰後女流推理作家先驅。

我急忙否定，卻忍不住吸鼻子。多麼溫柔、善解人意的店長啊。我思索著該如何表達感激之情，槇乃卷翹的睫毛輕顫，甜甜笑道：

「之後再告訴我原因吧，先把退貨單寫好。」

「啊，是……對不起，積欠這麼多工作。」

溫柔且善解人意的店長，也是很嚴厲的。

❀

走在竈門校區的林蔭道上，我才得知今天停課。

「唉……」我忍不住大聲嘆氣。停課通知除了貼在大學校區的布告欄，也公布在學校官網，我出門前忘了瀏覽，白跑一趟。

昨天我去探望住院的爸爸，順道前往神保町的「知海書房」總店買書。寬闊的書店裡少了老闆，一如往常般忙碌，老員工見到我來，旋即上前關切，為我加油打氣。之後，我回東京廣尾的老家住一晚，爸爸三度再婚的對象——我的繼母沙織，與三歲的同父異母雙胞胎妹妹開心嚷著：「哥哥來了、哥哥來了！」我本來打算當日往返，最後乾脆住下。

因此，今天我為了上課特別早起，從東京搭將近三小時的電車，一路搖搖晃晃趕回來。早知今天停課，我就和雙胞胎妹妹一起吃早餐，為她們念一本故事書。

我不死心地繼續往前走，去確認校內的公告欄。果然，這裡也寫著「停課」，真令人灰心。

「唉，距離打工還有好幾個小時。」

我沒有參加社團，教室和講座也不值一提。在學校，我只留意著不要過度引人注目，沒有特別熟識的同學，更別提交到好朋友，現在就算突然多出時間，也只是徒增無聊。

打著呵欠準備轉身離去時，瞥見福利社外貼著「麵包剛出爐」的海報，我不禁停下腳步。然後，我想起來到竈門校區後「想試一次看看」的事。

我眺望著綠樹成蔭的大學校區，拿出智慧型手機確認時間，「嗯」地點頭，順勢走進福利社。買了三個剛出爐的麵包與咖啡牛奶，我走向中央廣場。

我一直想在竈門校區野餐一次。

度過大一、大二的東京校區是成群的水泥高樓，大三遷至的竈門校區則是高山與農田圍繞的清幽環境，空氣尤其清新，校地幅員遼闊，種植許多花草樹木，比起「大學」更像「公園附設大學」。如此風和日麗的季節，當然要野餐。我事先調查好景色最蔥鬱的地點，卻遺漏了關鍵。

——全是情侶……

中央廣場的噴水池在陽光的照射下濺出粼粼波光，周圍設置的八張長椅已有七對情侶捷足先登，剩下一張空椅。我捫心自問：你敢坐在那邊嗎？你能堂堂正正單獨坐下，悠哉吃著剛出爐的麵包嗎？你能在眾多情侶的包圍下，不裝瀟灑，眞正發自內心地享受野餐的樂趣嗎？再三質疑後，我得出的結論是「不可能」。

正要右轉離去時，一名女子迅速與我擦肩而過，衝向空長椅，不算太高的鞋跟發出悅耳的喀喀聲響，豪邁直率的走路方式引起我的注意。

女子走到空長椅前，毫不猶豫地在可容納三人的椅子正中央坐下，藏青色百褶長裙的下襬輕輕飄起，但不是會迎風翻飛的輕薄材質。

「啊。」我不禁輕呼，由衷羨慕她的坦然。此外，我也認得她。

女子本來沒認出我，直到察覺我鏡片下的凝視才蹙起眉頭。她的眉頭益發緊皺，似乎想起我是誰，畢竟距離上次的意外插曲還不滿一週。

「你是我們學校的學生啊。」

「您是學校的職員嗎？」

我們的話聲重疊。女子——豬之原看著我及手上提的麵包袋，再次問道：「你也想坐這裡嗎？」

「不，沒……」

我原想否認，卻猛然記起除了豬之原，還有七對情侶在場。比起被當成孤僻的傢伙相比，被視爲破壞風紀的怪人更令我害怕。我感受到好幾人投來質疑的目光，急忙改口「是的，不好意思」，並在豬之原的左側坐下。

豬之原聳聳肩起身，與我隔出一段不自然的距離，重新坐好。

今天出大太陽，多虧櫸樹枝葉繁茂，形成綠蔭遮擋。看得見遠方綿延的蒼翠群峰，校園裡的花草樹木茂盛，萬紫千紅。我果然沒看錯，這裡是能舒服野餐的最佳地點。

不過，前提是椅子上只有我，或是和情人一起來。

我和豬之原沉默地同坐一張長椅，氣氛尷尬得不得了，簡直如坐針氈。拜此所賜，拂過開襟針織衫的風似乎特別冷。我叫自己不要在意，取出炒麵麵包咬一口卻吃不出味道。我再從背包裡拿出裹著「知海書房」紙書套的文庫本，翻開後文字一樣讀不進去。不久，連眼前的綠意都漸漸模糊，野餐的興致全消，我不到三分鐘就舉白旗投降。

「呃，上次眞的很……」

我打算重新道歉，但豬之原已翻開文庫本，不動如山。書角露出的便利貼十分眼熟，想必是上次帶去「金曜堂」的《漫長的告別》吧。「唔……」我稍微靠近，豬之原突然抬起頭。

「什麼？」

她瞪我的眼神彷彿遇到色狼，擺出防禦動作。「呃，您誤會了。」我趕緊解釋，抓著炒麵麵包在胸前擺手。我是冤枉的。

「我只是……呃，上次眞的很……」

我愈急愈說不好，聽來像在找藉口。豬之原將沒包書套的文庫本——果然是《漫長的告別》，如盾牌一般擋在胸前，頭突然側向一邊，指著左耳：

「你在跟我說話嗎？」

「咦？啊，是的……」

「我以前出了點意外，左耳幾乎聽不見，是單耳失聰。」

她邊說「所以……」轉向另一側，把黑髮勾在右耳後。

「不好意思，如果要跟我說話，方便對著右邊嗎？」

「啊，抱歉。」

「不用道歉。我並不會爲沒聽見一一道歉。」

注視她的側臉，只見她的表情和語氣都很堅定，我這才想起上次在「金曜堂」向她搭話時，她並未立刻回頭。原來當時她不是故意無視我，可能純粹是沒聽見。

「上次眞對不起。」

我無意識地重複一遍，豬之原露出打心底厭惡的表情闔上書本。

「你還在那裡打工嗎？」

「是。」

「喔，女店長人也太好了吧。」

這句話像是呼了我一巴掌。我收起沒吃完的炒麵麵包，垂頭喪氣。

「對不起。」

我又脫口道歉，急忙以雙手摀嘴，豬之原發出哼笑。

「你這個人總是在道歉。」

我不禁抬起頭。豬之原吐出的台詞，我依稀有印象。沒錯，今天早上電車抵達竈門車站的不久前，我才在電車裡讀到這句話，於是馬上接口：

「還有，你說話太戰戰兢兢了。」

豬之原默默從包包裡拿出罐裝綠茶，咕嚕咕嚕地灌下肚。豪邁的喝法，簡直像高舉葡萄酒乾杯的英勇海盜。我拿起蓋在旁邊的文庫本，拆下「知海書房」的紙書套，亮出封面。

「這是雷蒙．錢德勒著作、清水俊二翻譯的《漫長的告別》，我也在讀。『金曜堂』的這本書不巧賣完，架上只剩村上春樹翻譯的版本，書名譯爲《Long Goodbye》。我最近剛好去東京，在大間的書店買到清水俊二翻譯的版本。」

——可是，我特別喜歡《漫長的告別》。

我很好奇是什麼樣的書讓槙乃如此稱讚，忍不住想讀讀看她提及的版本。

拿起實體書，我頓時爲厚度心生退意。要不是在「金曜堂」打工，我一定會毫不猶豫地放回去，但我鼓起勇氣結帳。

總覺得只要看完這本書，就能增進和槙乃之間的話題，也能和爸爸交換想法。現在讀書不僅僅是我的個人體驗，也是與人增進交流的手段。爲此，我願意多看一點書。

豬之原牢牢盯著我，粗粗的眉毛一挑。

「讀了之後，感想如何？」

「這個嘛……首先是『好厚啊』，重量超過文庫本的標準，我掙扎許久才翻開來讀。

不過，一旦開始閱讀，立刻發現眞的相當精采，用字精準，每一幕都會咻咻咻地浮上眼前，讀得完全沒壓力。還有，角色相當迷人，我好崇拜馬羅。」

豬之原聽了我的回應，表情終於豁然開朗。

「我也很崇拜馬羅，眞想和他活得一樣灑脫。」

「哦，原來女性也會這麼想。」

我這句話毫無惡意，豬之原卻嗤之以鼻，臉上恢復嘲弄的神色。

「正因是女性才這麼想。不學馬羅堅強一點，女性如何在現代社會做自己？」

我不由得望向坐滿情侶的其他長椅。

「怎麼了？」

「沒什麼。是啊，如果是馬羅，應該會毫無顧忌地在情侶環繞的長椅坐下吧。」

豬之原環顧四周，彷彿直到現在才察覺池邊都是情侶，最後仔細端詳我。

「你是顧慮到周遭都是情侶，一開始才猶豫要不要坐嗎？」

「嗯，是的。在馬羅主義者的眼裡，一定十分可笑吧？」

以爲豬之原鐵定會嘲笑我，但她意外地維持正經的表情。

「太在意別人的想法，會失去自己的視野。每個人生來都與眾不同，不妨看開一點，告訴自己：人本來就很奇怪，不懂察言觀色才叫聰明。」

「嗯……真能看得這麼開嗎？」

我迷網地問，豬之原伸出指節厚實的手，摸向左耳。

「由於耳朵的關係，我不看開一點就活不下去。」

我尷尬地噤聲，豬之原用開朗的語氣接著說：

「可是，我認爲像你這樣平平凡凡偏中上的孩子，更需要看開一點。」

「哦，是嗎……」

我爲那句超級貼切的「平平凡凡偏中上」愣住，豬之原可能發現了也或許沒發現，大拇指搓著下巴思考半晌，豁出去般開口：

「欸，既然你還在書店工作，我想麻煩你一件事。」

「什麼？」

豬之原拿出智慧型手機，亮出一張照片。只見一名五官深邃、肩膀寬闊的男子露出皓齒笑著，頗有從前模特兒的味道，總之十分英俊。

「他是誰？」

豬之原沒回答，微微垂下目光說：

「如果看到這個人去『金曜堂』，請幫我監視他。他見了誰、與誰通電話，都要一絲不漏地告訴我。」

「不行，我在打工，辦不到。」

我產生不好的預感，連忙回絕，但豬之原驟然湊近：

「麻煩你了，如此一來，上次的誤會就一筆勾銷。」

「可是……」

「你暗戀那個女店長吧？」

一語中的，我頓時舌頭打結。見我說不出話，豬之原得意地盤起手臂。

「怎樣？我沒猜錯吧？我很嚮往擁有馬羅的觀察力呢。」

「就算是，也請不要輕易說出去。」

我雙頰發燙，握緊拳頭。自從在「金曜堂」打工，每次看見槇乃的傻裡傻氣與認眞工作的模樣，一種舒服、溫暖的情感便在心中逐漸累積，我不否認這一點。但這份情感曖昧不明，我還不知道下一步該怎麼走，更不希望現在就被人拿來胡鬧，或直接戳破。

豬之原瞥我一眼，哼笑一聲。

「照我說的完成監視，我就幫你保密。」

「妳在威脅我嗎？」

「請說是『交涉』，馬羅也常這麼做。」

豬之原咧嘴嘎嘎大笑，我是第一次見到她如此開心、容光煥發。

❀

我比打工時間提早許多來到店裡。在吧檯前讀著文庫本的和久，將他深陷眼窩的豆眼睜到最大。

「這麼早來？被退學啦？」

「才不是，今天停課，我乾脆提前過來。」

我露出苦笑，並留意著語氣盡量自然。

「我想先把倉儲室的工作做完。」

明天發售的季刊和附錄應該已送達。這類刊物的附錄和書籍是分開送貨，書店店員得自行捆包，過程很累人，容易傷骨破皮，不過連菜鳥工讀生也做得來，所以最近由我一手包辦。

「哦……」和久不再瞪著我，像是突然失去興趣，視線回到手邊的文庫本。

「那正好，我今天差不多要回去了。」

「這麼早？」

「沒辦法，又到帶兔子看醫生的時間。」

和久邊說邊起身，提起放在腳邊的塑膠外出籠。

「我家的兔子很了不起，把醫生開的藥吃得一乾二淨，今天要帶去給醫生見證牠完全康復，不需要再回診。」

我從外出籠的透明天蓋窺探，只見一隻毛茸茸的橘色小生物乖乖蜷縮在角落。

「看起來精神不太好，耳朵都垂下來了。」

「混帳！牠是荷蘭垂耳兔，耳朵本來就會下垂。」

和久一把抱起外出籠想藏起兔子，略微放柔語氣：「欸，兔子，對吧？」

「唔，我從剛剛就想問，牠的名字就叫『兔子』嗎？」

「怎麼可能，瞧不起我是不是啊？『兔子』是暱稱。」

「還取暱稱……本名是？」

和久瞥我一眼，聳肩說：「不告訴你。」

至今背對我們準備食材的栖川似乎聽見談話內容，忽然回頭，默默伸出手。他手中握著一根小小的紅蘿蔔。

「哦……哦哦，栖川，這是幹麼？祈禱兔子痊癒嗎？謝啦。」

和久自問自答，大步走過我身邊，離開書店。

我麻煩栖川顧店，走進倉儲室，以最快的速度捆好季刊附錄，在豬之原指定的時間回到店面，確認茶點區沒客人後取出智慧型手機，留意著電波訊號打開通訊軟體，輸入「還沒來」。傳訊的對象，是剛加入好友的豬之原。

就在這時，自動門的開闔聲與槇乃的「我回來了」同時傳來。她的休息時間結束。我急忙把手機放入圍裙口袋，回頭打招呼：

「早安。」

「哇，倉井，你今天好早來！」

「抱歉，教授臨時停課。」

我良心不安地摸著鏡腳，對她露出爽朗的笑容。

「爲什麼要道歉？身爲店長，很高興工讀生這麼有工作熱忱。」

很高興、很高興、很高興……槇乃的聲音迴盪耳際，害我更加痛心。眞想吐露豬之原強人所難的要求，可是不行。避免說溜嘴，我快速拋出練習過的說詞：

「我綁好季刊了，今天可以換我站櫃檯嗎？」

「啊，嗯，麻煩你。」

槇乃爽快答應，我的良心益發不安。

四個半小時後，男子終於現身。此時已完全入夜，男子人高馬大，很適合穿西裝，五官比照片上看來更深邃，令人過目難忘。

在隔壁的空位放下碩大的包包，男子坐上高腳椅，盤起修長的雙腿，向栖川點餐。他似乎是熟客，還沒點餐栖川就著手準備。

等飲料的期間，男人從包包裡拿出裹著「金曜堂」紙書套的文庫本，專心閱讀。終於，厚紙杯墊和酒杯同時端上桌。杯中裝著帶綠的黃色液體，男人小口含飲，繼續翻頁，並在喝完時闔上。他慢慢環視「金曜堂」，像在享受口中的餘香，不經意與櫃檯裡的我對上雙眼。眼睛、鼻子、嘴巴拚命彰顯自我的英俊男子朝我微笑，我不禁心慌意亂。

感覺極佳的型男名叫瀨見兼人，職業是保險業務員，負責野原車站一帶。名字、職業，及跑完業務後唯一的消遣是在「金曜堂」的茶點區喘口氣等情報，當然不是出自本人之口，全是逼我監視的豬之原告訴我的。聽說，瀨見和豬之原交往不到半年就向她求婚。

我只能順口道聲恭喜，豬之原卻嗤之以鼻：「哪裡值得恭喜？」

——我不懂這麼好的男人爲何看上我。如果他空有一張面皮，私底下其實是渣男就算了，但據我所知，他連個性也無可挑剔。

這是在幹麼？故作謙虛地晒男友，還是自鳴得意？我煩惱著是哪一種，豬之原卻一口咬定：「太可疑了。」

——我自知毫無女性魅力。坦白講，我從學生時代就不受歡迎，個性也不可愛，不想爲了受歡迎而付出努力。身材、長相、頭腦都是中等以下，魅力值和討喜程度只達低標，興趣跟一般人不一樣，是美容、時尚資訊的絕緣體。工作能力不是特別強，對家事育兒又沒興趣。婚姻不過是異世界的風俗民情，就算拿掉性別，我仍只是心胸狹小的凡夫俗子。我不懂一個不缺交往和結婚對象的男人，爲什麼對我「一見鍾情」，甚至表示「想和妳結婚」。實在太奇怪，其中必定有詐，我嗅出案件的味道。

恐怕妳是錢德勒的作品讀太多，或者，只是過度缺乏女性自信。

我感到厭煩不已，但豬之原個性強硬，安慰她「沒這回事」、「妳想太多啦」，她肯定不會輕易接受。

——請你留心監視，找出瀨見陌生的一面，我相信當中必定有詐。

豬之原單方面施壓，我只能充滿罪惡感地持續監視。瀨見渾然不覺，起身離席，將文庫本收進包包裡，走出「金曜堂」。

我打心底鬆一口氣，點開通訊軟體。

「瀨見在『金曜堂』待了半小時，只是獨自靜靜喝飲料看書，此外沒任何可疑的行爲。眞的沒有！」

送出訊息後，過一會才收到熊在頭上舉出「OK！」板子的貼圖，及簡潔的回應：「接下來也拜託你了」。看來，一、兩次的監視不足以洗清他的嫌疑。

——惹上麻煩了。

我似乎不自覺地唉聲嘆氣，槙乃抱著成綑的《排球少年!!》（註）走出倉儲室，忽然停下腳步。

「哦，倉井，你累了嗎？」

「啊，不，完全不累。」

註：古舘春一所畫的排球漫畫，台灣亦有代理。

我急忙推推眼鏡，從槙乃手中接過漫畫。

「新書要補書嗎？我來做吧。」

「謝謝，每天都有野原高中的學生來買書，架上一下就空了。」

野原高中是離野原車站最近的高中，同時也是槙乃、栖川與和久三人的母校。聽說，要是沒有這間學生總數超過三千人的猛瑪校（註），野原車站的乘客量甚至不到現在的三分之一。由此可知，「金曜堂」賣書的黃金時段，當然就是野原高中的上下學時間，得格外留意備齊學生喜愛的小說和漫畫陣容。

此刻，連參加社團的學生都已返家，店內幾乎沒客人，是補書與思考新書排列的最佳時機。

我略微踏踉地搬著漫畫來到入口處的平台，將書疊上已見底的位置。槙乃在漫畫旁邊擺放數種排球規則書與專門雜誌。

「《排球少年!!》裡有許多實際存在的排球比賽，你不覺得看過漫畫後，會開始想看真正的比賽嗎？」

「哦，會啊、會啊，不禁好奇真正的跳發是什麼樣子。」

我點點頭，槙乃得意地說「鏘鏘！」，攤開小小的手掌。

「我爲這些客人準備了介紹比賽規則的書，還有附觀戰導覽的雜誌。」

我發出「哦哦」的讚嘆聲拍手，槇乃的大眼睛骨溜轉動，豎起大拇指。

「書不會自動賣出去，把書賣出去是書店店員的工作。」

我再次出聲感嘆，以手機記下這句槇乃語錄。

的確，「金曜堂」店面空間狹小，能擺放的書櫃相當有限，因此入口處搶眼的位置通常陳列著暢銷作家的書，或高中生喜歡的小說和漫畫。實際成爲工讀生、見識到書店內部的情形，我才明白店員盡最大的努力兼顧營收，並爲客人提供賓至如歸的書店體驗。這份努力也展現在「金曜堂」頻繁更換書櫃配置及陳列上，早上鋪好的特陳常常到了晚上就撤掉。我多想對若無其事站著白看書的人，大聲宣傳槇乃每天耗費多少心力布置。

「對了，倉井，你找到清水翻譯的《漫長的告別》了嗎？」

「啊，有的！我在『知海書房』買到了，還沒讀完，可是很有趣，馬羅悶騷的個性十分迷人。」

註：日本於一九七〇年代出現的教育名詞，指人口大量遷入都市，導致學生數突然爆增的學校，也用來形容學生數多的學校。猛瑪象即長毛象。

我轉頭回答，槙乃馬上激動附和：「對吧？」

「馬羅用笨拙的方式闖蕩世界。高中的時候，我對書中瀟灑的對話印象深刻，覺得他是個愛耍帥、裝模作樣的偵探，長大後重讀，才懂他的笨拙其實非常難能可貴。」

「南店長，妳高中時就讀過《漫長的告別》？這本書也在『星期五讀書會』的指定書單內嗎？」

「星期五讀書會」是槙乃在野原高中念書時成立的同好會，和久與栖川是成員，「金曜堂」的店名顯然源自於此。當中只有我無法共享回憶，即使他們不是故意的，我心頭仍多少感到失落。

槙乃好笑地看著我，將柔軟的波浪長髮撥至身後。

「讀書會的指定書是錢德勒的《大眠》（註），雙葉十三郎翻譯的版本。讀了這本書，我們迷上錢德勒。後來不需要特別指定，大家都爭先恐後地找其他系列來看。」

「這樣啊。真棒，聽起來好青春、好開心。」

讀書是其次，我多想和高中時期的槙乃呼吸相同的空氣，也有點想看她穿制服的模樣。我心懷邪念，流露羨慕的神情。槙乃澄澈的眼眸注視著我，笑道：

「很開心喔。不過，《漫長的告別》差點害我們吵起來。」

「咦，爭執的點是……？」

槙乃微微蹙眉，正要開口時，栖川從茶點區的吧檯內靜靜出聲：

「結局。」

茶點區現在沒客人，他顯然一字不漏地聽見我們的談話。

「最後一幕馬羅的選擇，有些人覺得『非常好』，有些人覺得『太嚴厲』。」

槙乃望向一身清爽站在吧檯內的栖川，過一會才垂下目光點頭，悄聲同意：「沒錯。」她將櫃檯前各出版社提供的宣傳刊物的邊角對齊，沒看著我，繼續說：

「我和栖川都覺得『非常好』……其他人卻認爲『太嚴厲』。」

「和久是『太嚴厲』派嗎？」

「阿靖？啊，對喔，我想起來了，的確如此。」

槙乃回應時有些心不在焉，栖川的藍眸似乎看穿一切，視線移向我，輕輕揚起薄唇。

「倉井，你是哪一派？」

「我嗎？啊，等我看完再告訴你們。」

註：*The Big Sleep*，錢德勒第一本以馬羅為主角的小說。

我抬高鏡架，拍胸脯保證。儘管遲了許多年，不過能和他們一同討論具有爭議的結局，我彷彿參與槙乃等人的青春回憶。

接下來的一整個星期，我按照豬之原的指示，監視四度造訪茶點區小憩的瀨見。無論何時，他都喝著微綠的黃色飲品看著書。

她究竟想要我監視到什麼時候？到頭來，就算豬之原和瀨見交往不順利，應該也和內情什麼的無關吧？就在我愈來愈感到空虛的星期四，平常空閒的時段難得湧進顧客，似乎是野原高中期中考前的統一放學時間。

必須盡快消化結帳的隊伍，否則客人會煩躁，我急忙趕去支援槙乃。栖川在茶點區的吧檯裡，承受大批排隊女高中生的熱情注視，端出紅茶和蛋糕。和久平日的寶座遭女高中生占領，於是他雙手插進薄西裝的口袋，移動到店面，瞪著粗暴翻閱書籍和雜誌的男高中生。

我由衷佩服「金曜堂」的分工效率。直到兩個方向的電車相隔數分鐘進站爲止，野原高中的學生皆靜靜待在書店裡打發空檔，然後在同一時間做鳥獸散，空蕩蕩的店裡不見未歸位的雜誌或被翻破的書。

我鬆一口氣，從牛仔褲口袋拿出智慧型手機。不知不覺間，我養成空閒時查看手機的習慣。發現幾通來自豬之原的未接來電與訊息，我快步走進倉儲室確認。

「接電話！」

「快接電話！」

「接！」

「快點接！」

「好。」

「監視任務結束，辛苦你了。」

我看得一頭霧水，內心七上八下，只好盡快將手機塞入圍裙口袋，回到店裡知會槇乃後，重新走向廁所。

車站書店「金曜堂」裡沒有如廁設備，因此我們都直接利用車站的廁所。月台的收訊不佳，幸好票口前的廁所訊號正常。

我祈禱著不要有人進來，在空氣不算清新的廁所一角回電給豬之原，電話一下就通了。

「啊，我是倉井。抱歉，打工時不方便接電話——」

「沒關係，全部結束了。」

豬之原打斷我，略微低沉的話聲意外平靜。

「什麼結束？爲什麼不用再監視？到底是怎麼回事？」

「我看見瀨川和女人走在街上，感覺一切都說得通了，對吧？」

「咦……呃，可是，說不定是客戶。」

「他們的手臂勾在一起。」

「……也、也許是親戚或家人。」

「那是個帶著夢幻感又很溫柔的女生。我想想……就像你們店長吧。」

「槇……南店長一直待在店裡！」

「我知道、我知道，你別激動，我又沒說是店長本人，只說是同一型。」

我不認爲槇乃那種類型的女孩十分常見，但豬之原幽幽吐出一句：

「能毫不猶豫穿上圓點和格紋圖案的女人果然很強。」

「哪有？妳也適合穿格紋啊。」

這是我的眞心話，可是豬之原當成耳邊風。電話另一頭傳來微微呼氣聲，想必她在用鼻子冷笑。眼前浮現粗眉連成一直線、神情大徹大悟的豬之原。

「總之，果然有詐。他除了我還有別的女人，我很慶幸提早看清，沒糊里糊塗結婚。」

「等等，妳向瀨見本人確認過嗎？」

我不死心地追問，豬之原不改平靜的語調回答：

「我剛剛跟他提分手，他平淡地答應，沒做任何挽留，這不就證明他心裡有鬼嗎？我連確認都省了。」

「不行啦，你們已論及婚嫁，得問清楚才行……」

我固執地說著毫無建設性的大道理，豬之原恐怕聽得厭煩，沉默尷尬地蔓延，就在我擔心電話被掛斷、準備出聲時，傳來她的低喃：「我害怕再繼續交往下去，這樣剛好。」

電話裡的聲音非常軟弱無助，難以相信出自她本人之口。

「我就是我，早就看開了，覺得自己不受歡迎很正常。突然有人示好，我只感到害怕。完全不懂瀨見到底看上我哪一點，實在太可怕。如果瀨見是個痞子，不理他就好，偏偏他是正人君子。不，正因他這麼完美，我才會害怕。一切都不踏實，我怕終究會失望，也怕結婚以後瀨見會對我失望。畢竟，我十分明白自己一無可取。」最後她又低聲自嘲：

「我只是一個想和馬羅一樣頑強的女人。」

我聽了完全笑不出來。我的心情和她一樣，自覺不夠格，遲遲不敢面對這份感情。換句話說，我也是一無可取。

我還無法回應，豬之原已恢復平時的樣子，大剌剌地說：

「總之，我剛剛已打電話婉拒求婚，偵探遊戲到此結束，從今以後我們互不相欠。辛苦你了。」

我來不及說「等一下」，電話就掛斷。

我茫然佇立原地，耳朵始終貼著話筒。

直到野原車站的站長走進廁所關切：「你在幹麼？」我才在驚詫中回神。

❀

隔天星期五，由於擔心豬之原的狀況，下課後我去教務中心繞一圈，沒找到她。打工時間快到了，我只能無奈地前往「金曜堂」。

一走進店面，統一放學的野原高中學生再次大量湧入，幸好我已掌握昨天的分工要領，能夠更從容應對——照理說是這樣。

正當高中生同時趕往月台搭車、和久下去休息時，我不小心和整理書櫃的槇乃對上眼，大概是我的目光總不自覺地追著她吧。這下尷尬了。我無意義地重新戴好眼鏡，尋思能和槇乃暢談的話題。

「南店長，我看完《漫長的告別》了。」

「眞的嗎？」

槇乃雙手一拍，從結帳櫃檯跑過來，抬眸望著我。她的一雙杏眼睜得大大的，眨眼時睫毛彎曲的弧度完美得不得了，我不禁後退。槇乃今天穿著格紋罩衫，害我腦中響起豬之原的低語：「能毫不猶豫穿上圓點和格紋圖案的女人果然很強。」

槇乃似乎不介意我的不自在，合掌問道：

「倉井，你是哪一派？你覺得馬羅的決定『非常好』，還是『太嚴厲』？」

「我……」

正要回答時，我的視線忽然越過槇乃的頭頂，受到內側的茶點區吸引。我監視整整一週的人，今天也來到店裡。

「瀨見。」

我不小心叫出他的名字，槙乃反問：「蟬（註）？」

就在我努力蒙混過去時，瀨見已在老位子坐下，一如既往翻開文庫本，對栖川說「老樣子」。看來毫無異樣，令我忍無可忍。

——豬之原傷透了心啊。

我向槙乃報備後前往廁所，拿出手機，自己也被這個舉動嚇一跳。

不用監視不是很好嗎？別理他就行了，何必多管閒事？過度涉入人際關係，只會弄得遍體鱗傷。

「就是啊，放手吧。」心裡有道聲音在大叫，是多年來我熟悉的自己。可是，另一個我在旁邊悄聲說：「總覺得不能就此結束。」這是穿著墨綠色圍裙的我。

最後，我還是打了電話。豬之原秒速接起，我率先開口：

「妳下班了嗎？」

「對，那又怎樣？」

「太好了，請馬上來『金曜堂』。」

豬之原似乎倒抽一口氣，我直接繼續說：

「瀨見在這裡。」

「我和他已毫無瓜葛。」

她雲淡風輕地提醒，我突然感覺自己很幼稚，忍不住大喊「毫無瓜葛又怎樣！」，並將滑落的眼鏡往上推。

「拜託妳過來。用《漫長的告別》來比喻，現在泰瑞的信才剛送到。這本書的厚度令人打退堂鼓，很少看書的我光要熟悉外國人名和從前外國人的習慣就很累了，然而，一旦讀超過一百頁，故事從馬羅收到信那裡漸漸變得震撼人心又精采。馬羅沒在途中放棄，努力追尋謎團，直到心滿意足爲止。」

「誰教他不得不解開謎團，況且，我又不是馬羅。」

「可是，妳很崇拜馬羅吧？妳不是想活得和馬羅一樣瀟灑嗎？」

「你這個人眞是浪漫。」

「對，我就是。」我在心中握拳叫好，接著背出《漫長的告別》裡最喜歡的經典台詞：

「伯尼，我生性浪漫，如果在暗夜裡聽見哭聲，我會去一探究竟，即使這麼做無法賺

註：「瀨見」音同「蟬」，都叫 semi。

錢。聰明人會關緊窗戶，把電視音量調大，或開車猛催油門，逃得遠遠的，不管別人遇上什麼麻煩都不會蹚渾水。多管閒事只會自討苦吃。」

總覺得馬羅不是以偵探的身分說這些話，而是以男人、一介凡人的角度堂堂正正闡述理念，因而深深打動我。

「我等妳。」我一說完，豬之原沒回應就掛斷。加油！我在心中為自己打氣。豬之原和我從個性到價值觀都南轅北轍，但在笨拙這一點上莫名相似。

我把手機收回口袋，跑回店裡。

和久從外頭回來，換槙乃出去休息。儘管進入晝長夜短的季節，太陽也落下山頭，蝶林本線的去程電車到站，仍遲遲不見豬之原現身。

我在櫃檯前不停替下車購書的乘客結帳，同時透過玻璃牆尋找豬之原的身影，擔心瀨見是不是正要起身回家。

等客人全數離開，店員各自埋頭做起分內工作。

我低頭坐在結帳櫃檯裡，默默摺著書店的紙書套時，一道人影出現在我面前。

「豬之原？」一抬眼，我看見笑容可掬的槙乃。

「倉井在等的人果然是妳。」

槙乃回頭說道。豬之原板著臉站在她的三步之後，一臉尷尬。

「我休息時去『克尼特』恰巧遇見她，忽然靈光一閃，就主動叫住她了。」

「克尼特」是車站圓環對面的糕餅鋪，一對年輕夫妻每天清晨起床，爲客人烘烤多種美味的麵包，相當受野原高中的學生歡迎，上下學時段店內總是擠得水泄不通，其他時間鎮上居民也絡繹不絕。現在店內的窗邊多了小吧檯，可坐下享用剛買的麵包和飲品。

「南店長，我沒在等人……」說到一半我就打住，只見槙乃一個勁對我微笑，我戰戰兢兢地問：

「看起來像在等人嗎？」

「是啊，你魂不守舍，舉止怪異。而且，整個星期都十分反常。」

槙乃點點頭，睜開她的大眼睛，交互看著我和豬之原，接著雙手摀嘴，發出「唔呼呼」的笑聲，全身蘊釀出輕飄柔和的夢幻氣場，令人無法直視。我急忙轉移視線，卻和豬之原對上眼。她朝我嘆氣，表情微妙，談不上同情，但也不到傻眼的地步。

另一方面，槙乃以眼神暗示坐在茶點區的瀨見，接著向豬之原詢問：

「需要通知那位先生嗎？」

豬之原大吃一驚，身體後仰，我也不禁愣住。槙乃怎會知道，豬之原認識瀨見？

「那天……」槙乃似乎看出我的疑惑，豎起食指說：「就是倉井誤以爲豬之原行竊，上前制止那一天，我一直覺得很奇怪，她爲什麼要刻意在店裡看自己的書？」

這麼一提，我也一直想不通。一般情況下，不會在書店看自己的書，而且從豬之原的反應來看，也不像是故意引人誤會，既然如此，她爲什麼要冒這個險？

豬之原不看任何人，毫無反應地站在原地，槙乃對她露出親切的笑容。

「想來想去，我得到一個結論。」

「什麼結論？」

「妳不是在看自己的書，而是使用那本書。」

槙乃從圍裙口袋拿出讀到一半的文庫本，在面前攤開：「像這樣，快速打開。」我一看便不禁大叫：

「用來遮臉？」

「答對了！豬之原，妳把書當成遮臉物，對吧？這應該是爲了躲人。」

我和槙乃看著豬之原，只見她的頭側向一旁。槙乃面露微笑，望向茶點區的瀨見。

「我問過栖川，當時坐在茶點區的客人就是他。之後每當倉井舉止怪異，那位先生剛好都在場。」

豬之原依然側著頭，看起來像是故意撇頭，但我知道她正在用聽得見的右耳專注聆聽。

槙乃將書收回圍裙口袋，悠哉地說：

「那位先生快看完《漫長的告別》了。」

「咦，瀨見也在讀《漫長的告別》嗎？」

「是的，他在本店買下清水俊二翻譯的版本。」

「啊，難怪我要買時『金曜堂』缺貨。」

我恍然大悟，不小心音量過大，栖川和瀨見疑惑地瞄我一眼。

我低下頭，離開槙乃身邊，以只有豬之原聽得見的音量悄悄道：

「我是得知心儀的人『特別喜歡這本書』才看的，想藉此多瞭解她。」

豬之原瞥向槙乃，搖搖頭：

「瀨見不見得和你一樣單純。」

「可是，他知道妳熟讀《漫長的告別》，還喜歡到書裡黏上一堆便利貼，也知道妳崇拜馬羅吧？」

豬之原心不甘情不願地點頭，我乘勝追擊：

「請和瀨見聊聊，確認他的心意。」

我正經八百地建議，她嗤之以鼻。不過下一秒，她收斂神色，朝瀨見邁步。

「壽子？妳怎麼在這裡？」

看到豬之原走近，瀨見吃驚地站起。豬之原宛如步入命案現場的刑警，厲聲開口：

「坐著別動。」

「喂喂喂，幹麼？現在是怎樣？」

和久起身出聲威嚇。栖川隔著吧檯，從後方扣住和久的手臂要他冷靜。

現場鴉雀無聲，瀨見重新坐好，豬之佇立在他面前，粗濃的眉毛陣陣抽動，寬闊的肩膀上下起伏。接著，她大嘆一口氣，擠出話語：

「昨天，我看見你和一個女人走在……」

話沒說完，瀨見就從西裝的胸前口袋拿出一張小紙片。

那是什麼紙？我快步走向茶點區。被栖川放開的和久搶先偷看，咻地吹響口哨。

「這不是模特兒經紀公司的名片嗎？你被挖角啦？」

「是啊，跑業務時在途中被纏上，說什麼針對四十歲讀者的雜誌，模特兒不需要太年輕……」

「什麼！喂，太強了吧！居然來這偏鄉小鎮挖掘模特兒。」

「不，我不打算答——」

「慘了、慘了，栖川，我們千萬不能大意！要是去打柏青哥的路上被挖角怎麼辦？」

「阿靖，你扯遠嘍。」

在書櫃附近的槙乃輕聲提醒，和久吐吐舌頭，安靜下來。

瀨見似乎鬆一口氣，重新面對豬之原。

「壽子，妳應該是看到我跟這個人走在街上吧？」

「但你們挽著手……」

豬之原的話聲依舊僵硬。

「聽我解釋……她一直糾纏不休，我明明拒絕了，她卻擅自勾住我的胳臂，直到我嚴辭說明才肯放開，請妳相信我。」

瀨見雙手撐著吧檯，牢牢盯著豬之原。「我相信你。」豬之原將右耳轉回側面，平靜開口。

「接下來呢？」

「什麼？」

「坦白講，我想乾脆趁這個機會分手。瀨見，你不也一樣嗎？我們相處時總是客客氣氣，從來不曾吵架，也沒好好聊過心裡話，不敢讓對方看見眞實的自己，這樣要怎麼談戀愛，甚至結婚呢？」

豬之原語氣冷靜，但我沒漏聽她顫抖的語尾。她站得像尊門神，其實暗暗發抖又努力隱藏，我在心中祈禱瀨見快點察覺。

然而，瀨見並未顯露情緒，也沒回答這個問題。

現場氣氛一度緊張，幸好槇乃以悠哉的語氣化解尷尬：

「你們餓了吧？來，豬之原也一起坐下，栖川馬上爲兩位送上美味的點心。」

槇乃以眼神向栖川打暗號，他輕輕點頭。和久本來坐在吧檯一端，好奇地望著兩人，聽見槇乃的話馬上起身說「我也來幫忙」，雀躍地繞進吧檯裡。

❀

栖川爲豬之原和瀨見準備鬆餅、西式炒蛋加酥脆培根的拼盤料理。

這個時段並無電車進站，客人應該暫時不會進來，我和槙乃移動到茶點區的桌位坐下。培根的香氣誘發食欲，萬一肚子咕嚕叫就糗大了。

「這不是馬羅把喝得爛醉的泰瑞．藍諾士帶回家，爲他準備的食物嗎？雖然書裡只出現鬆餅和吐司。」

栖川緩緩點頭，拿餐巾紙擦拭平底鍋的油，邊說：「吐司不巧用完了。」平時總是撲克臉的他，現在面帶微笑。

「我開動了。」瀨見合掌後動手享用。他看著坐在左側的豬之原，自言自語：「不曉得泰瑞有沒有開心地吃下肚？」

「應該有吧。那是友情剛萌芽的味道。」

豬之原以叉子戳著西式炒蛋，面向瀨見問道：

「瀨見，聽說你在讀《漫長的告別》。你不是不愛看書嗎？」

「嗯，所以花了很久的時間才讀完。」

「你全部看完了？」

「妳說過『這本書成就了我的一部分』，我也想讀讀看。」

瀨見一一將漂亮切塊的鬆餅送入口中，輕輕地笑。豬之原苦惱般垂下粗眉，豪邁吃起西式炒蛋。

「你要轉行當模特兒嗎？」

「怎麼可能。」

「挖角的人很難纏吧？」

我明白她是在兜圈子確認瀨見的心意，不禁低下頭。

「嗯，但我相信她不會再來。我告訴她眞相了。」

「眞相？什麼意思？說得這麼鄭重其事。」

豬之原收起笑容。從我的位置看不到瀨見的表情，想必他現在非常嚴肅。瀨見慢慢深呼吸後開口：

「我的外貌全是加工品。臉部做過整形手術，還有其他部位抽脂，全身共花費八百萬圓。」

突如其來的沉重告白，導致店內籠上一片寂靜。這時，傳來奇妙的打嗝聲。

「欸，是誰？」

豬之原沉著臉回頭，坐我隔壁的槙乃合掌道歉：

「對不起，我太訝異了……嗝……停不下……嗝！」

「妳在開玩笑嗎？」

「我沒有……嗝、嗝、嗝……開玩笑。」

「一定是在開玩笑。」

「不是啦，她真的從以前就是嚇到會打嗝的體質。栖川，對吧？」

和久馬上跳出來作證，栖川也連點兩次頭助陣，但豬之原依然臭著一張臉。這也難怪，畢竟重要的話題被硬生生打斷。

不過，槙乃傻氣的打嗝聲似乎舒緩了瀨見的緊張，他恢復平時的講話方式。

「學生時代，我常因長相被欺負、被人瞧不起或被同儕排擠。我一直想改善這種情形，所以一出社會，就不惜貸款做了整形。」

確認他們用完餐，栖川以虹吸式咖啡壺煮咖啡。

「坦白講，整形帶來許多好處，我變得更有自信，個性也開朗許多。身爲整形人，我認同整形是一門生存技術。可是，由於外貌的加持失去磨練心智的機會，這是事實。」

瀨見凝視著煮咖啡的酒精燈火焰，嘆一口氣。

「遇見壽子前，我都沒察覺。」

「我？」

豬之原被點名，萬分訝異地眨眨眼，粗魯地把頭髮勾到右耳後方。看見她的動作，瀨見露出難受的微笑。

「壽子勇敢面對自身的弱點，變得十分堅強。」

「我……」

「我總是會在意別人的想法，是妳告訴我『每個人生來都與眾不同，人原本就很奇怪，不懂得察言觀色才叫聰明』，不是嗎？」

這句話她也對我說過。

看著豬之原摀住左耳低下頭，瀨見露出憂傷的微笑。

「壽子，妳不是想被和馬羅一樣的男人保護，而是想成爲馬羅。我敬佩妳的堅強，益發自慚形穢。到了這個年紀，我還是老樣子，只能活在別人的視線裡。我應該早點鼓起勇氣坦白『我整過形』，但我沒有。所以，我覺得自己根本配不上妳。況且……」

「況且？」

豬之原訝異反問，瀨見沒回答。「嗝！」店裡再次響起槙乃的打嗝聲。

瀨見注視著玻璃壺裡的熱水被導管往上吸，坐立難安地伸伸懶腰。放下胳臂後，他指著待在吧檯裡的栖川與和久。

「對了，我剛剛和『金曜堂』的店員聊天。壽子，妳對《漫長的告別》裡，馬羅最後的選擇有什麼想法？」

瀨見問得很快，豬之原神色緊張，仍堅強地回答：

「最後是指哪裡？最後一幕嗎？」

「對，妳覺得馬羅和那個人正面交鋒時做的決定『非常好』，還是『太嚴厲』？」

豬之原先是挑起粗眉，漸漸地，那雙堅毅的瞳眸散發光彩。當心儀之人聊起自己喜歡的話題時，人們應該都是這種表情吧。

「我覺得『非常好』，那樣才符合馬羅的美學。」

她的語氣非常篤定。

「是嗎？」退到吧檯內的和久嘟嘴反駁：「沒必要在最後關頭耍狠吧？人都會犯錯，有時難免被迫走暗路，既然是朋友，不是應該多體諒嗎？」

「馬羅比誰都明白這個道理，但他依然無法違背自身的理念，才被稱爲『孤傲的偵探』，這不是相當迷人嗎？」

豬之原完全不怕金髮小平頭、外貌像小混混的老闆和久，大膽說出自己的看法，接著將右耳朝向瀨見。

「瀨見，你呢？」

棲川拿起萃取完成的玻璃壺，將咖啡倒進杯子裡，手勢華麗不帶一絲多餘的動作，我每次都忍不住想問：你是書店店員，沒錯吧？

瀨見啜飲棲川輕輕遞上的咖啡，露出寂寞的微笑。

「我也認爲『非常好』。不論那個人有何苦衷，都不該去見馬羅。敢說出眞相，就要做好道別的覺悟。」

「我不想聽以道別爲前提的表——」

「嗝！」

「喂，打嗝聲吵死了，我們聊到很重要的地方！」

「對不起……嗝……我沒辦法……嗝……控制……」

就在豬之原抱頭嘆息時，瀨見以破釜沉舟的語氣開口：「我認爲現在非講不可。」接著，他雙手扶住咖啡杯。

「我的父母離婚搬過家，以前我姓田中。」

「嗝！」

豬之原顧不得困惑的店員，訝異地睜大眼。

「田中……兼人，你是田中兼人？」

「搞什麼？你們是舊識？」

和久難掩驚訝地發問，棲川適時扔了條布給他，大概是要他閉嘴擦餐具吧。不過，瀨見直視著和久，禮貌性地點頭。

「是的，我和豬之原是小學同學……不，嚴格說來，我是半惡作劇害豬之原受傷、失去左耳聽力的同學，田中兼人。」

豬之原完全說不出話，瀨見緩緩從高腳椅起身，走到她面前，深深鞠躬道歉。

聽說兩人的相遇——應該說「再會」，真的只是偶然。不過，瀨見隨即發現豬之原是當年被自己害得受傷的小學同學。

得知豬之原因當年的意外留下單耳失聰的後遺症，瀨見的良心飽受苛責。於是，他掛意起豬之原的種種：她現在過得好不好？有沒有造成單耳失聰生活不便？她成爲怎樣的大人了呢？並且主動接近她。

「若妳在生活上遇到困難，我打算悄悄幫助妳。可是，妳活得很堅強。每天從妳身上獲得刺激、受到幫助的反倒是我。」瀨見說到這裡，終於抬起頭：「一回過神……我已深深迷上妳。妳是值得尊敬的女性，也是我想陪伴在側的對象，如果可以，我想和妳過一輩子。我很焦急，於是向妳求婚。可是，和妳在一起的時間愈多，我愈感到痛苦。建立在謊言之上的自己，可能得終身說謊，努力扮演配得起妳的男人。這讓我苦不堪言，心中充滿愧疚感。同時，我覺得只要能承受這份痛苦，就能抹消過去的罪孽。漸漸地，我無法分辨對妳的情感究竟是愛，還是罪惡感了。老實講，昨天妳跟我提分手時，我鬆一口氣，眞的非常抱歉。」

豬之原望著再次彎腰致歉的瀨見，用力吁氣，臉上閃過五味雜陳的表情。一會後，她用鼻子噴笑，觸摸左耳。

「別擅自把我當成傷患好嗎？我認爲單耳失聰的自己，和不受歡迎的自己都很酷。我確實被捲入意外，但我不怨恨任何人，更不需要誰來贖罪。瀨見，你不需要隨時懷抱義務和責任……」

豬之原中斷話語，我猜一定是因爲她的聲音在發抖。總是撇成乀字形的嘴，不知情的人會覺得是一種堅強的表現，知情的人就會知道那是豬之原的防護網，換句話說，是源自於懦弱。

「你自由了。」

豬之原的話聲低沉，扼殺了情感。爲了體恤對方，她扭曲眞心說出反話。馬羅的確不會哭，也沒情人，但他的堅強不是這樣的吧？我在膝上握緊拳頭，槇乃悄聲說：

「有些結局，只有當事者能決定。」

瀨見輕輕轉身，視線停駐在豬之原寬厚的肩膀。他肯定發現了豬之原輕顫的肩膀，隱瞞著比淚水更加熱切的哀傷。下一秒，瀨見突然趴在地上。這是我生平第一次親眼看到跪地求饒。大概是臉貼著地面的關係，他的聲音悶悶的。

「壽子！抱歉，我有個不情之請。讓我們從再會那一刻起重新來過好不好？我想在妳知道我是整形過的田中兼人的前提下，好好和妳重聊許多話題。談談《漫長的告別》也行，我看完了，可以和妳聊。當然，聊其他話題也行，多告訴我妳的興趣吧！讓我們慢慢重新認識彼此，好嗎？」

「先從朋友開始吧。」

豬之原坐在高腳椅上，謹慎回答。趴在地上的瀨見弓起背，輕輕點頭。

「很夠了。壽子，妳還願意當我是朋友……沒有比這更值得感激的事。」

豬之原面不改色，拿起瀨見擺在吧檯上的《漫長的告別》，目光快速掃過最後幾頁，想必是在讀結局吧。

故事尾聲，馬羅終究無法原諒懦弱狡猾的人。相當認同馬羅的豬之原，現在又是如何看待面前窩囊跪地的瀨見？

「我也有一件事瞞著你。」

「咦？」瀨見不由得抬起頭。豬之原在他身旁蹲下，快速地說：

「坦白講，我非但不堅強，還很懦弱。」

「是嗎？」

「誰知道呢？我想是吧。」

豬之原歪歪頭，拉起瀨見的手，助他起身，原諒了他的懦弱和狡猾。豬之原的行爲顯然比馬羅心軟，但在我眼裡，卻比馬羅更堅強。

身旁的槙乃突然站起，走向吧檯。接著，她向重新在高腳椅坐下的豬之原和瀨見畢恭畢敬地問：

「現在喝琴蕾還嫌太早（註）嗎？」

好不容易耍帥說完，槙乃又「嗝！」一聲。殘留緊繃感的兩人相視而笑，同時搖頭回答：

「不會，現在時機正好，給我來一杯。」

「我也要。」

棲川收到槇乃使的眼色，旋即以預備的兩個長杯調製《漫長的告別》裡作爲友情證明的雞尾酒。

「啊！」我忍不住驚呼。

杯裡裝著黃中帶綠的液體，是瀨見每次跑完業務在「金曜堂」點的飲品。棲川覷我一眼，聳肩表示：

「雞尾酒杯剛好用完，看起來像果汁，眞抱歉。」

瀨見總是讀著豬之原喜歡的《漫長的告別》，獨自啜飲琴蕾。兩人的友誼或許意外地能順利發展，以豬之原不會感到不自在的方式，自然而然進展爲戀情。我暗自抱著期待，望向槇乃。她邊打嗝，邊微笑點頭。

槇乃似乎早就察覺瀨見的「老樣子」是琴蕾。

註：Gimlet，雞尾酒名，因馬羅的經典台詞而為人所知。「現在喝琴蕾還嫌太早」具有「現在說再見還嫌太早」的雙關之意。

瀨見和豬之原回去後，栖川說要準備明天的食材，和久則以幫忙的名目繼續留在吧檯看書。我和槇乃留下他們，前往「金曜堂」的地下書庫。

我拉起倉儲室油氈地上的門把，敞開通道，再從旁邊的櫃子拿出手電筒，照亮黑暗的洞穴入口，確認樓梯的位置。樓梯斷斷續續通往左彎右拐的地底深處，內部宛如一座迷宮，令人懷疑車站天橋下怎會藏著如此空間。剛開始，我有點害怕這座地下迷宮，習慣後每次下來都十分興奮。

走下最後的長階梯，按下牆上的按鈕，日光燈同時點亮，視野總算恢復光明。眼前出現電車永遠不會到站的地下鐵月台及鐵軌。

興建通往東京的地下鐵計畫，隨著戰爭爆發停擺，遭到封鎖的廣大空間化為「金曜堂」的地下書庫，重獲新生。

月台下保留鏽蝕的長長軌道，月台上放著一排排堆滿書的堅固書櫃，高高向上延伸，幾乎快碰到天花板。放眼望去，像極世界盡頭的圖書館。低矮的天花板上裸露著許許多多的通氣管，空調相當完善。龐大的翻修費用由「金曜堂」的老闆和久出資，但聽說實際出錢的是和久的父親與祖父經營的「和久興業」。他們趁著翻修時加強耐震度，這對從前開鑿出地下空洞卻不知如何善後的大和北旅客鐵路局也是美事一樁，因此很快獲准。

我在槙乃的請託下搬來一個小瓦楞紙箱，打開一瞧，裡面裝著數本小說和漫畫，當中也有我準備退貨而一度裝箱的書。

「通常只要把書退掉錢就會回來，可減輕書店的負擔，但總有些不惜賠本也想留下的書，對吧？」

槙乃的話聲多了迴音，像在唱歌般徵求同意。我默默點頭，從箱子裡拿出幾本書。

「倉井，可以幫我把那些書按作者分類，放入書櫃嗎？」

「好。」

「新書開本、文庫開本和初版單行本的書櫃不一樣，小心不要放錯。」

「瞭解。」我點點頭，眺望不輸給長長的月台、不斷延伸的成排書櫃。這裡的藏書幾乎都是當地書店的庫存，也就是所謂的「過期書」。這些基於各項因素無法退貨的迷途書，在當地書店倒閉後，由「金曜堂」直接接收。加上「金曜堂」本身的庫存不斷增加，此處儼然成為壯闊的地下書庫，增添網路上流傳的「能夠找到想看的書」的眞實性。

我站在文庫本的書櫃前，手不時左右移動，有時甚至挪動全身，不停補上新的庫存書，同時悄悄以智慧型手機記下「金曜堂」店長槙乃相中的書名。

正要移動到初版單行本的書櫃時，瞥見雷蒙．錢德勒的名字，我不禁停下腳步。我想找槙乃高中時與「星期五讀書會」的成員讀過的指定書《大眠》，這裡備齊雙葉十三郎翻譯的創元推理文庫版，與村上春樹翻譯的早川推理文庫版。

——買來看吧。

我伸指輕撫槙乃高中讀的創元推理文庫版書背，這時她從書櫃旁探出頭。

槙乃突然逼近眼前，我嚇到發不出聲，急忙跳開。她好奇地打量我，噗哧一笑。

「笑什麼？」

「倉井……眼鏡歪了。」

槙乃輕笑著告訴我，接著乾脆捧腹哈哈大笑。雖然遭到嘲笑，我卻很高興。只要她開心，我就開心。我調整好眼鏡的位置，搔搔頭髮，嘿嘿傻笑。

待槙乃冷靜下來，我重新詢問：

「怎麼了嗎？」

「啊，對對，我、忘記、問、你——」

槙乃邊說邊伸長背脊，用令人捏把冷汗的姿勢，想把文庫本放入書櫃最上層。我說「我來吧」，她說「謝謝」，抬頭露出微笑。卷翹長睫毛覆蓋的大眼睛裡，只倒映著我。

「倉井，你怎麼看馬羅最後的選擇？」

「啊……」我想起來了。

關於《漫長的告別》裡馬羅最後與友人分道揚鑣的橋段，讀過的人分成覺得「非常好」的贊同派，與覺得「太嚴厲」的反對派，當時正要對槙乃說出我的想法，卻被瀨見等人一連串的騷動打斷。

我抬頭仰望布滿通風管的低矮天花板，潤潤唇後注視著槙乃。那對懾人心魂的大眼睛，從方才就盛滿期待。

「我……我覺得『太嚴厲』。」

槙乃用力眨眼，我彷彿聽見睫毛的搧風聲。然後，她俏皮地輕輕歪頭，催促我說完。

我拿出手機，念出閱讀時記下的文章段落。

「受人愛戴、身懷許多優點的人依然會犯錯。擁有專一的信念並終生遵守，說來也只是貫徹自己創造的信念，無關道德良知。雖然身懷許多優點、人品不容置疑，卻用一樣的方式對待正派人士、犯罪集團或街頭巷尾的流浪漢。」

我不像馬羅，曾向人獻出赤裸眞誠的友誼，也不曾有人如此對待我，所以讀到這個段落時，我只想到爸爸。

爸爸無疑是優秀的書店經營者，但對於我的母親及後幾任妻子——我同父異母的雙胞胎妹妹的母親等人，絕不是一個好丈夫。爸爸肯定曾讓年紀相差甚遠的現任妻子沙織傷透了心。每當想起歷任母親哭泣的背影，我就一陣心痛，難以相信如此過分的男人會是我的爸爸，但我從沒想過要斷絕父子關係，並深信今後也一樣。

我舔舔嘴，咬牙解釋：

「人都有優點和缺點，面對缺點比較多的人，如果必須做選擇，我會繼續和他來往……」

「即使被害得很慘？」

「對，如果他把某人害得很慘，我倒想親身體會看看，然後原諒他。畢竟他同時也是好人，是我『曾想深信』的對象。」

我說到這裡打住，突然一陣緊張，連忙補一句「大概是這樣啦」，摘下眼鏡擦拭，掩飾尷尬。

「這是不切實際的理想論嗎？」

我重新戴好眼鏡，若無其事地望向槙乃，卻倒抽一口氣。只見她的大眼睛裡浮現淚光。她忍著一眨恐怕就會掉下來的淚水，對我微笑。

「或許吧。」

她掀起墨綠色圍裙背對我。我急忙移開視線，望著未通向任何一方的軌道盡頭。

槙乃背對著我開口：

「不過，從前有人和你說一樣的話。」

「是『星期五讀書會』的成員嗎？」

「嗯。」她順了順頭髮，回過頭時，眼中已不見淚水。

——妳喜歡他嗎？

這個問題我當然問不出口。

槙乃若無其事地確認瓦楞紙箱，豎起大拇指。

「倉井，今天的工作順利完成，辛苦你了。」

「啊，是，辛苦了。」

我微微垮下肩膀，故意在地下月台逆風行走。今晚的心情，適合到馬羅常去的酒吧獨酌——思索到一半，樓梯上方傳來和久的呼喚聲。

「喂，回家前去吃肉吧！吃肉！站長給我燒肉店『有吉亭』的折價券，還可以喝到飽。」

「當然好！」

槇乃光速回應，抬頭看著我。

「倉井，你呢？」

「啊，呃，我今晚想——」

「要不要去？」

「要……」

「太好了，一起大口吃肉吧。」

「好。」

我關掉地下書庫的電燈，跟著槇乃走上樓梯。途中腳滑，差點跌倒，幸好槇乃牢牢抓住我的手。

「倉井，你沒事吧？」

「沒事，謝謝妳。」

我像是被槇乃掌心傳來的熱度乘載著，重新爬起樓梯。

不知何時，槇乃已不再打嗝。

第3章

我的默默，你的默默

「南店長，我要拆了喔。」

我爬上梯子喊道。槇乃在下方扶住梯子，聞聲仰起頭，炫目般眨眨眼，朝我點了個頭。

清風益發溫暖宜人的五月最後一週，黃金週假期結束後舉辦的冷硬派系列書展也由槇乃宣布告終。

——野原高中新生的開學慵懶症也差不多治好了。

我回憶著槇乃的說明，拆下「要堅強面對五月」的手寫掛板。這句標語由槇乃發想，藉同事栖川的巧手製成掛板。

掛板下陳列達許．漢密特、雷蒙．錢德勒、北方謙三、大澤在昌、原尞、矢作俊彥等包含日本到國外的冷硬派代表性作家的作品，及莎拉．帕雷茨基、桐野夏生、仁木悅子、小泉喜美子、乃南亞沙等女性作家的書籍。此外，平台上還排放著村上春樹、安部公房等純文學作家的小說。

我從三月底開始在車站書店「金曜堂」打工。

店面位於野原車站的天橋下。由於地處荒涼，要不是有學生總數超過三千人的猛瑪校野原高中，早就廢站。因此，「金曜堂」的主要客群也是野原高中的學生，策展主題和進貨品項自然得儘量配合學生的喜好。

我不清楚罹患開學慵懶症的新生到底多不多，但冷硬派書展零散賣出一些，直到剛剛還有個拿著碩大低音號提包的女高中生，買下志水辰夫（註一）的《飢餓之狼》。

我推推眼鏡，扛著掛板走下梯子，環視店面。去程和回程電車以數分之差進站，聚集在店內的野原高中生幾乎在同一時刻離開，一群喧鬧的女子交替而入，占據了店面的另一半。那裡設置點著懷舊橘色吊燈的吧檯席，及附天藍色沙發的桌位，像極昭和時代（註二）的茶館，但不用懷疑，這的的確確是「金曜堂」書店一隅。

栖川一身白襯衫加領結，穿著圍裙在吧檯內擦杯子。就連今天，我都忍不住二度懷疑：你真的不是餐廳老闆或酒保，而是書店店員，對吧？沒辦法，誰教他在吧檯前的舉手投足，都是那麼俐落熟練，帥氣逼人。

我似乎看栖川看得太專注，腳步一陣踉蹌，沒踏穩梯子的最後一階。

「危險！」

槙乃發出驚呼，我和掛板同時摔個得四腳朝天。扶好眼鏡一看，槙乃抱住一名小學男

註一：一九三六年出生的日本作家，擅長用抒情文體描寫動作、冒險場面，創作領域廣泛。
註二：昭和天皇在位時期，從一九二六年底至一九八九年初結束。

童。

「金曜堂」的店長優先搶救的不是店員，而是客人。如此理所當然的事實，我卻微微受到打擊。請別誤會，我並不貪圖槇乃的擁抱。總之，我急忙關心那令人羨慕的男童：

「對不起，你沒受傷吧？」

男童揹著大書包，十分面善，是最近常來店裡的茶點區，吃土耳其香料燉飯的小男生。他的五官精緻，宛如小女孩。臉蛋小巧，手腳細長，像極圖畫中的小王子。

「我很好。」男童不悅地甩開槇乃的手，瞪著我說：「我倒想問，今天為什麼茶點區休息？貴店可有事前告知？」

外表好似纖弱少女的男童，接二連三吐出尖銳話語，口吻意外成熟。

「啊，呃……因為……」

「今天朗讀社借用茶點區舉辦成果發表會。那個場地是多用途的開放空間。」

我語無倫次，多虧槇乃從容不迫地從旁說明。

「但茶點區沒休息喔，歡迎你和平常一樣點餐。」

「太吵了，怎麼可能和平常一樣放鬆。」

男童還沒變聲的高亢嗓音帶著敵意，說話毫不留情。槇乃既不退卻也不焦急，笑咪咪地點頭應答：

「是啊，請期待和平常不同的樂趣。來，坐吧。」

語畢，槙乃領著男童入座。男童作勢抵抗，聽到槙乃說「會替你準備土耳其香料燉飯」便乖乖跟上。看來，槙乃也記得他的長相。

男孩順利坐上吧檯席，吃起土耳其香料燉飯。之後我忙著收銀，無暇留意他的狀況，不過槙乃數度往返倉儲室與茶點區，陪男孩說話，好讓他別感到不自在。

夏至將近，白晝的時間逐漸變長，直到太陽緩緩落下山頭，野原町的朗讀社「長崎蛋糕」的發表會總算開始。

社團邀請的觀眾，與正巧在書店而提起興趣的顧客紛紛聚集，在狹窄的空間形成圍觀的盛況。

「原來辦活動能引來這麼多人。」我有感而發。

「主辦者楢岡的人緣很好。」槙乃微笑點頭。「據說社團名稱『長崎蛋糕』，源自《古利與古拉》（註一）裡鬆鬆軟軟的長崎蛋糕。」

「不會吧？他們用平底鍋煎的黃黃的東西是長崎蛋糕？不是鬆餅嗎？」

「討厭啦，阿靖，那是加很多雞蛋的長崎蛋糕。」

跑業務（自稱）回來的老闆和久，甩著不輸長崎蛋糕的金黃小平頭，難掩訝異。槙乃柔聲指正，接著注視我，露出燦爛的笑容打圓場，看得見她整齊潔白的牙齒。

「社團成員期許朗讀聲能如同誘引森林動物齊聚的長崎蛋糕香味，吸引許多人來圍觀。他們真的做到了，多麼美妙。」

美妙的是妳的笑容——這句話我當然不敢說，連忙點頭：「是啊。」

我們這些店員站在空出的書櫃區觀賞活動進行，看著主辦者楢岡穿梭在人群中。楢岡是一位衣著配色優美、頭髮灰白的女士。

「今天要朗讀的是麥克．安迪（註二）的《默默》。這本書屬於兒童文學，是孩子還小的時候，我買來讀給他們聽的。過了三十年，孩子早就長大獨立、離開家中，但這本書依然收藏在我的書櫃裡，現在變成我自己的讀物。由此可見，影響力擴及多大的年齡範圍。」

楢岡先闡述《默默》的魅力，接著由社團成員做段落式朗讀。他們各自朗讀不同的章節，有時甚至前後順序顛倒，初次參加朗讀會的我困惑不已。

「他們不從頭照順序念嗎？」

「畢竟時間有限。不過，大略聽過朗讀後，你不會想好好把整本書重新看過嗎？『長崎蛋糕』的朗讀會，簡直有如書店的助力。」

槙乃笑盈盈地將波浪長髮往肩後撥。一陣清香撲鼻，大概是來自洗髮精吧？我一陣心慌意亂，急忙轉移視線。

這時，我和扭扭捏捏、看似不太自在的觀眾對上眼。是那個被槙乃抓來聽朗讀的男孩。我繼續觀察，只見他探向吧檯，付錢給栖川後，搖頭跳下高腳椅。

「他認爲世上所有的不幸，都源於人類胡亂說謊。當中不全然是刻意說的謊，還有太過心急、沒看清楚事情眞相，不小心脱口而出的謊。哎，津森渚，你要走啦？」

楢岡抱著厚重的單行本揚聲問道。由於她從朗讀轉換成普通說話的過程十分自然，我以爲《默默》裡有個叫「津森渚」的人物。

「請別用全名叫我。」

「可是，你是津森渚，沒錯吧？」

註一：日本極具代表性的童書繪本，作者為中川李枝子，繪者為大村百合子，講述兩隻小野鼠在森林發現巨大的蛋，打算用來烤蛋糕的故事。

註二：Michael Ende，一九二九～一九五五，德國知名童書作家、奇幻作家，以《說不完的故事》（電影改題為《大魔域》）聞名於世。

男孩停下腳步，沐浴在眾人的視線中。聆聽朗讀的人開始不專心，紛紛交頭接耳、竊竊私語。

「誰啊？」

「我在電視上看過他，就是演最近某個結婚的演員少年時代的——」

「那個有名的童星？啊，他是不是演了去年的大河劇？」

「我常在廣告上看到他，好像是什麼相機還是遊樂園之類的吧。」

「對不對？難怪我一直覺得他很眼熟。」

大家已沒興致聽朗讀會。

男童輕輕跳步，揹好書包，深吸一口氣，清晰響亮地應道：

「對，我是津森渚，三歲開始當雜誌模特兒，五歲開始演戲。去年演的不是大河劇而是晨間劇，拍過清涼飲料與某品牌的旅行車廣告。報告完畢，先走一步。」

渚一口氣流暢說完，行一禮，準備再次邁步。楢岡向面露困惑的社團成員用力點頭示意，擋住渚的去路。

「做什麼？」

「方便的話，要不要一起來朗讀？」

「我拒絕。」

「我很期待你的表現。」

「期待也沒用，委託我工作請支付酬金。」

男童頂著天真無邪的臉孔吐出現實的話語，場面頓時尷尬不已。身旁的空氣流動，楨乃正要上前，說時遲那時快，店內響起意外的話聲：

「用五次土耳其香料燉飯的兌換券來交換，如何？」

是不常開金口的栖川的美聲。想必男孩也只看過靜靜在吧檯內備料出餐的栖川吧。我遠遠望見男孩睜大雙眼，彷彿在驚嘆：「他說話了……」

楢岡順水推舟，再次詢問：

「趁著電車來前，花一點點時間朗讀就行。我們想聽專業的朗讀，拜託你。」

渚環視周遭，抬頭瞅栖川一眼，鼻子翹得高高的，奪過楢岡遞上的單行本，朗讀起她指示的頁面：

「那些時間儲蓄家穿的衣服，的確比住在圓形劇場後頭的居民更好。他們賺了許多錢，大把大把花用。可是，他們總板著臉，看起來疲憊、易怒，眼神充滿敵意。他們當然不明白『去找默默聊聊吧！』的奧妙。在他們的世界裡，沒有像默默一樣，傾訴心事後就能流暢交談、放鬆心情，甚至豁然開朗的傾聽對象。」

渚以清澈的嗓音，快慢得宜地念誦，眞的像在聽古老的童話。儘管如此，卻能深深感受到現實與跨越國籍的憂傷。換句話說，《默默》是一部多棒的作品，光從渚短短幾句朗讀，就深刻傳達出來。

最後，渚再也沒離開朗讀的行列。

等「長崎蛋糕」的成員交替念完，再次輪到渚上場時，他不再面露嫌惡，順暢地接著念出楢岡指定的段落。

《默默》的朗讀會順利結束，眾人紛紛圍繞在渚的身邊。與一開始好奇的注視不同，是當成夥伴簇擁而上。

「謝謝你爲我們帶來這麼棒的朗讀。」

楢岡伸手道謝，但渚堅持不與她握手。

「我只是工作換取土耳其香料燉飯的兌換券。」

他別過臉，冷冷回應。

「如果改變心意，歡迎隨時過來。」楢岡絲毫不受影響，硬將朗讀社「長崎蛋糕」的募集廣告單塞入渚的掌中，便隨著成員和觀眾前往慶功宴。

「唉，好累。」

渚在「金曜堂」終於空出的吧檯前趴下，一疊使用漂亮色紙製作的餐券遞到他面前。

「辛苦了，這是約定的餐券。」

栖川瞇細在純日式五官當中獨樹一幟的藍眼說著，渚立刻抬起頭。與剛剛截然不同，他的笑容燦爛，似乎真的很開心。那是一百個人裡，絕對有一百人會聯想到「小王子」的純真笑顏。

「謝謝。」

渚面帶紅暈，雙手恭敬地接過餐券。稍稍猶豫後，他靦腆開口：

「請問……店裡有賣《默默》這本書嗎？」

「單行本和岩波少年文庫版都有現貨。」

渚不理會隨即回答的槙乃，注視著栖川。

「可以借我嗎？」

想不到他直接表明要借書，我撐著結帳櫃檯的手頓時滑了一下。「借」？在書店說要「借書」？

「小鬼，你不買嗎？」

不出所料，金髮小平頭、外貌深具威嚇效果的和久馬上挖苦，但渚毫無懼色。

「我只是有一搭沒一搭地讀了一點，有點在意後續而已。坦白講，我不想看書那種東西，更不想在家裡放書。」

「爲什麼？」

他似乎聽見我的疑問，端正的臉孔轉過來，挺胸回答：

「大人按照自己的意思寫的台詞與創造的角色讀起來有多痛苦，透過劇本我已深深領教。」

正當我們尷尬到不知如何回應，渚一手撐著吧檯，另一手指向栖川背後。在冰箱與廚具櫃的旁邊，有一座木書櫃，收藏著各式各樣的書籍。全都不是新書，而是非賣品。

「那本《默默》不能外借嗎？」

栖川和槇乃同時肩膀一震，半晌後，和久平靜開口：

「不行，這是在『金曜堂』用餐休息時供內閱的書，不能讓你帶回去。」

和久與渚瞪著彼此，僵持不下。栖川摸摸渚的頭，從吧檯內走出來。

「稍微等我一下。」

栖川眞的「稍微」走進倉儲室又折返，手上捧著書。「拿去吧。」他遞出《默默》的單行本，與楢岡等「長崎蛋糕」的成員擁有的版本，及吧檯後方木書櫃裡收藏的版本相同。

「這是……？」

「這本是我的，借你吧。」

栖川悅耳的嗓音如同注滿杯中的紅酒，足以沉靜人心。「謝謝。」渚的眼神散發光彩，喃喃道謝著接過書。

「我借回去看。」

男孩小心翼翼地將書放進書包，行禮後步出店門。目送著他的背影，我忍不住嘆氣。

「做書店的聽到別人嫌棄『不想看書那種東西』，感覺眞不好受。」

「喂喂喂，少講得一副很愛看書的樣子，誰不久前還用『我沒資格看漫畫和小說』這種超爛的藉口逃避看書啊？」

和久凹陷的雙眸一瞪，我頓時氣焰全失。

是啊，直到前陣子我才領悟閱讀的樂趣，實在沒資格說大話。不過，或許正因感同身受，我才會對渚先入爲主的反應格外焦急吧。

「阿靖，你還不是半斤八兩。」

槙乃出面打圓場，接著轉向我。

「反過來想，渚也是把書當成特別的東西。那孩子最後會不會愛上閱讀，全看書店店員的本事。」槙乃比出捲袖子的動作，輕輕笑道：「開玩笑的。」

❀

下一週的星期五午後，渚再次現身「金曜堂」。

「哦，小鬼，今天不用上課嗎？」

在吧檯看書的和久理所當然地發問，渚厭煩地皺眉，簡短回答：「今天是探勘日。」

「探看？去看誰？偶像藝人？」

「哈哈哈哈，『金曜堂』的老闆真幽默。」渚發出一聽就知道是假笑的笑聲，正色回答：「我是指，出外景的前一天，先去探勘場地的『探勘』。」

「啊，那個探勘。我當然知道。」

和久不服輸地說完，視線回到手中的書頁。渚並未放下大書包，走到我所在的結帳櫃檯前，問道：

「栖川呢？」

「他去買東西，順便和南店長一起送貨。」

「金曜堂」只是車站內的小書店，本來沒有送貨服務。不過，若是平日常光顧的附近居民訂的書籍和雜誌，我們會在「方便時順道送去」。

「哦，兩個人一起去啊。」

渚挑釁般看著我，刻意放慢說話速度。我扶正眼鏡，勉強擠出笑容。

「那是工作，並不是兩個人出去散步。書很重，送貨時需要男丁，眞的只是這樣。嗯，一定沒錯。」

我到底爲什麼要拚命解釋？實在空虛。我重新調整心情，從圍裙口袋拿出岩波少年文庫版的《默默》。

「聽完朗讀會，我也開始讀《默默》。渚，你現在讀到哪邊？」

我亮出文庫版，但渚連瞄都不瞄一眼，淡淡回答：

「我看完了。」

「全部？這麼快？」

「是啊，文字淺顯，適合兒童閱讀。趁著等待錄影的空檔，我一下就看完。」

見我難掩失落，和久在遠處放聲大笑。

「最近才養成讀書習慣的倉井，怎麼贏得過從小背誦劇本的小鬼頭。」

就在這時，書店的自動門打開，兩隻手臂掛著環保購物袋的栖川，與抱著裝滿蘆筍的菜籃的槙乃回來了。

「哦，買這麼多啊。」

「幾乎都是人家給的。」

槙乃亮出菜籃笑道。她的笑臉有如一道光灑落，我不禁挺起垮掉的肩膀。

「蘆筍看起來十分美味。」

「還有麵包喔。我送《小朋友的朋友》（註）和幾本圖畫書去『克尼特』，他們給我的。有核桃煙燻起司法國長棍麵包，和加了無花果的裸麥麵包。」

槙乃像個愛炫耀的孩子，說著「來瞧瞧」，把凸出肩上購物袋的長棍麵包亮給我看。

「克尼特」是野原車站圓環對面開的糕點店，由一對年輕夫妻經營，平常似乎忙到抽不出時間到書店取貨，於是希望我們這些店員「若是方便」，趁休息時間買麵包之際，順道帶些書籍和雜誌過去。這個世界就是需要人與人互助合作啊。

「哦！看起來超好吃，真期待今晚的宵夜。栖川，對吧？」

和久用力拍打栖川的背，看起來相當痛，但栖川一臉無所謂地點頭。習慣成自然眞恐怖。

槙乃放下大包小包，走進倉儲室。保持靜默的渚拉拉我的圍裙。

「宵夜是……？」

「啊，今晚是盤點日，我們要清點書店裡所有書籍的數量及書況，並確認庫存，所以會比平常晚回家。栖川會替我們準備宵夜。」

我一時忘記渚是客人，不小心用了對朋友說話的口吻。渚盯著我，腦中似乎在盤算什麼，接著視線回到栖川身上，又跑又跳地奔向他。

栖川繞進吧檯裡，將買來及收到的生鮮食品放進冰箱。聽見渚的腳步聲，他緩緩回頭。

渚放下大書包，取出《默默》。栖川睒起藍眸，露出整齊潔白的牙齒。

「看完了？」

「對啊。」

註：適合四到五歲的兒童讀的月刊雜誌，《古利與古拉》當初也在此連載。

渚和栖川交談時，語氣變得老實可愛，和面對我的態度截然不同。栖川沒過問讀書心得，渚也不主動述說感想，短暫的沉默後，渚率先開口：

「呃，我想買《默默》的單行本，所以……」

沉默再次降臨。在倉儲室忙碌的槙乃到收銀機前回收書條（註），栖川確認她走回去後，歪頭問道：

「嗯？」

「我可以還你買來的新書嗎？」

「爲什麼？」

栖川動聽的嗓音始終沉穩。另一方面，渚則面紅耳赤。

「我想把你的書留在身邊。」

「抱歉，我沒辦法答應你。」

栖川緩緩搖頭，穩重地拒絕。

「咦！」我不小心叫出聲，和久咂舌瞪我。栖川面色不改，沉靜地面向渚說：

「這本《默默》是朋友送我的重要寶物，我無法轉讓給任何人，對不起。」

「朋友……嗎？」

「嗯。」

渚皺了皺端正的臉孔，眼神投向我所在的結帳櫃檯——不，他看的是我身後的倉儲室門，壓低音量呢喃：「朋友……」

「是很重要的朋友嗎？」

「是的。」

栖川都如此表明，於是渚懂事地敬禮回答：「我明白了。」

「抱歉，提出強人所難的要求。」

抬頭一瞧，渚小巧的臉蛋上滿溢著可愛的笑容。

他說聲「失禮了」，轉過身，將栖川的《默默》放上吧檯，揹起大大的書包走出店門。渚的每個動作都十分自然，卻教人過目難忘，彷彿是電影或戲劇當中的一幕。我的心一陣揪痛，可以想像渚剛剛多麼難受。

一方面羨慕對方能大方說出「我有朋友」，一方面因那個「朋友」不是自己而悲傷。這是我自身也曾多次經歷，每每都想努力忘懷的痛楚。

註：夾在日文書裡的長條單據。書籍在書店賣出時，店員會直接抽走書條，作為統計、補書、叫貨之用。

和久望著栖川，似乎有話要說，這時倉儲室的門打開，槙乃戴著奇怪的面具探出頭。

「鏘鏘！我找到《默默》的單行本，而且是初版首刷。」

槙乃雙手高舉書本，才慢半拍地察覺氣氛有異。「咦？」她摘下面具，歪著脖子，微帶波浪的髮絲輕輕搖曳。

「渚呢？」

「回家了。」

「咦，爲什麼？我以爲他一定會想來買《默默》。」

槙乃大感意外，和久嘆氣：

「誰想在店長會戴奇怪面具的書店買書啊。」

「阿靖，眞沒禮貌。這是烏龜面具，是烏龜的面部放大圖喔。《默默》裡最療癒人心的角色，不就是烏龜卡西奧畢亞嗎？這是我努力做出來的。」

「比起烏龜，更像豆子。」

栖川客觀地發表感想，我與和久轉身笑出來，只有槙乃認眞點頭：

「就是啊，我做完也覺得應該畫上龜殼比較好。」

就算加上龜殼，憑這繪畫功力也看不出是烏龜——這句話我當然只敢藏在心底。

大家裝作沒聽見，繼續埋首工作。槙乃望著渚離去的店門，落寞地喃喃自語：「好可惜。」

顧客隨著電車的進站和離站一波波出現，我忙著應對，邊更換鋪在平台上的書籍，轉眼就到野原高中的放學尖峰時間。最近沒有考試，學生的放學時間因社團活動較零散，但「回家社」的成員數量仍不容小覷。當他們同時放學，一樣會擠得店面水洩不通。唯有這個時段，老闆和久會幫忙站收銀櫃檯，多少出點力。今天是深受女孩歡迎的流行雜誌發售日，眾多女高中生捧著同一本雜誌，排成壯觀的隊伍等待結帳。

好不容易能歇口氣，和久隨即外出跑業務（自稱）。

我打開收銀機更換發票，槙乃從旁遞上新的發票紙以加速作業，我不假思索地說：「我們是攜手合作呢。」接著，我才驚覺尷尬，連忙低下頭。

槙乃似乎聽過就忘，並未特別在意。她湊近我的耳朵，輕聲問：「渚爲什麼回家了呢？」

「啊，呃……那是……」

我瞄向在吧檯內摺書店專用紙書套的栖川側臉，再望向天花板。還沒請求神明，店內便響起一句「不好意思」，適時解救我。

「是，歡迎蒞臨『金曜堂』！」

槙乃張開雙手熱情招呼，我感到一陣風吹來。連我這個工讀生都不禁卻步，何況是客人？但對方僅短暫倒抽一口氣，沒特別的反應，似乎更急於詢問：

「不好意思，你們有沒有看見一名小學生年紀的男孩？他今年六年級，身材偏瘦小……」

我和槙乃面面相覷。女子將短髮勾至耳後，一身俐落的長褲套裝，怎麼看都是幹練的社會人士。見到我們的反應，她敏銳地遞出名片。

「抱歉，遲了介紹，我叫板橋弓，在童星專屬經紀公司『Salt Pepper』當經紀人。敝公司旗下的藝人突然失聯，我正在找他。」

槙乃畢恭畢敬地收下名片，板橋趕緊從公事包取出公司的簡介手冊，翻開頁面，當中可見主打童星藝人——津森渚透著聰穎的笑臉。

「渚嗎？他稍早來過。」槙乃大大的杏眼望著板橋，點點頭後又搖頭說：「可是……他剛剛離開了。」

槙乃中斷話語，卷翹的睫毛轉向我。正當我猶豫著該如何接話，栖川的話聲自吧檯傳來：

「報警了嗎？」

「目前只是沒接電話，還沒報警。我想是不是先找找看……」

栖川細長的藍眸掠過銳利的光芒，斷然說道：

「最好先報警，同時找人。如果順利找到人，頂多有點尷尬，但總比發生憾事要好。」

板橋本來就蒼白的臉益發慘白，一手緊抓外套的袖子，連點幾次頭。

「有道理，我先去報警。請問最近的警局在哪裡？」

「請等一下。」槇乃不慌不忙地開口：「在野原町要報警前，先聯絡某個人比較妥當。」

在場全員的臉上都浮現問號，只有槇乃雙眼發亮，從墨綠色圍裙的口袋拿出智慧型手機。

「希望收得到訊號，拜託！」槇乃邊祈禱邊按下手機。平常野原車站的月台與車站內收訊極差，所幸今天槇乃耳邊的手機傳出某人的大嗓門，一聽語氣和氣勢就能聯想到對方的長相和名字。

「喂，阿靖？嗯，我知道你在忙，狀況緊急。問你喔，有沒有在街上看到渚？經紀人找不到他。」

和久在話筒另一端回應，話聲宛如機關槍，槙乃稍稍瞇細眼睛，「嗯、嗯」地專注聆聽，不一會表情綻放光彩。

「嗯，好，麻煩你。」

槙乃掛斷電話，用力伸了個懶腰，轉頭望向所有人。

「阿靖——啊，他是本店老闆，說找到渚了。」

「什麼！怎麼找的？」

我和板橋異口同聲大叫。槙乃看向栖川，笑咪咪地說：

「別小看我們老闆的人面和影響力。」

十五分鐘後，和久果眞帶著渚回到書店。渚緊緊握著書包背帶，端正的面孔毫無表情，但想必覺得很尷尬丟臉。和久代替他解釋：

「他獨自跑去今晚要住的飯店check in，由於是小學生，櫃檯人員頗爲遲疑，便輾轉通知我。」

飯店遇到狀況，爲什麼需要知會書店老闆？我完全想不通前因後果，難不成和久家兩代經營的「和久興業」是相關企業嗎？

「渚，你爲什麼不接電話？」

板橋如釋重負，換下至今爲止的商業口吻，像在詢問家人。

「我的手機沒電了，還特地找公共電話打給妳。」

「咦！」

板橋急忙掏出手機確認，縮縮肩膀低下頭。

「對不起……眞的有公共電話的未接來電。」

「幸好在報警前找到人。」

「報警？拜託不要，太誇張了。」

渚大爲傻眼，槙乃不關己事地附和：「就是啊。」

「可是，栖川很擔心你。」

渚表情一亮，轉向栖川。栖川正色，明確點了兩次頭。

接著，渚客客氣氣地重新面向槙乃。

「拜託妳，今晚讓我住店裡好嗎？」

「你在說什麼？」板橋率先質問。

「學校出了社會工作體驗的作業。同學都在黃金週前去附近超市或店家體驗過，只有我請假，一直沒交作業。」

說來諷刺，他正是為「工作」請假。板橋的臉皺成一團。

「可是，沒事先知會，書店應該無法突然——」

「拜託，請讓我參加盤點工作。」

渚打斷板橋，向槙乃低下頭。

「喂，小鬼，你怎麼知道我們今晚盤點？啊？」

「那個大哥哥說的。」

渚維持低頭的姿勢，纖纖小手朝我一指。和久內凹的雙眼頓時閃現凶光，惡狠狠一瞪。我扶著鏡腳，悄悄轉向書櫃，整理起架上的書。此時，背後響起槙乃的回覆：

「好啊。」

「眞的可以嗎？」

「妳居然答應他……」

板橋與和久的話聲重疊。我回過頭，只見栖川眨著一雙藍眸，渚抬起臉。槙乃笑盈盈地掃視我們一輪，點頭說：

「眞的。星期五晚上顧客不多，多個人手盤點，不是挺好的嗎？盤點到累了想睡覺，也有店員用的住宿設備。」

連店長槇乃都爽快應允，板橋不得不同意。

「那我明天早上來接你。攝影時間很早，不要太累了。」她不忘叮囑，然後獨自前往飯店。

去程電車與她交錯進站，人潮從車站天橋流入「金曜堂」。

「歡迎蒞臨金——」

「歡迎光臨！」

槇乃最得意的「迎賓式招呼」，被渚清澈高亢的嗓音蓋過。由這麼一個如同少女的纖細美少年接待，客人似乎也很驚喜。見機不可失，和久馬上悄悄走近，故作親暱地搭起渚的肩膀，向客人介紹這個正在體驗社會工作的小學生。

「麻煩你們多讓少年體會書店店員的喜悅吧。簡單來說，書和雜誌多買一本是一本，懂嗎？」

眞是強人所難。不過，客人似乎爲和久的魄力與渚的親切可愛震懾，失去判斷力，今天來櫃檯結帳的人特別多。

「渚的集客力眞不是蓋的。」

「是啊。我是不是該做個招財貓頭套，增加效果呢？」

「不要吧。硬逼他戴分不清是貓還是貍貓的頭套，只會害他對書店店員的工作產生陰影。」

「會嗎？」槙乃對我的回應表達不滿，抱著手臂鼓起雙頰。

❀

由於臨時列車進行時刻調整，本週五去程和回程方向的電車都在晚上八點後發出末班車。待乘客皆離去，月台熄燈，「金曜堂」也提早打烊。

儘管時間短暫，渚仍徹底發揮招財貓般的本領。除了招呼客人，還學會包書套的訣竅，和久甚至軟言細語勸他來打工，遭槙乃輕聲制止。

渚熱切注視著在吧檯內切蘆筍的栖川。栖川察覺視線，抬起眼。

「我在準備宵夜，做好會叫你們，請先繼續加油。」

「好。」渚抬高小巧的鼻子，乖乖聽話，小跑步到我身邊。

「有沒有我幫得上忙的？」

「呃，做什麼好……南店長？」

我十分沒面子地請教槇乃，她遞來一把正式名稱爲Handheld Terminal的條碼盤點機。

「渚和倉井一組，先去盤點吧。我點完帳就加入你們。」

「我講完重要的生意電話就去盤點。」

明明沒人問，和久卻揮著手機自行宣告，順勢走出店門。他應該是去收訊較佳的票口進行通話。

「倉井，麻煩你了。」

我伸直背脊領命。打工兩個月後，我終於有個僅限一夜的後輩。

我微微抬頭挺胸，走進結帳櫃檯，推開倉儲室的門。

「來，走吧。」

「去哪裡？」

「書店的倉庫。我們大部分的庫存書，都在地底下沉眠。」

我十分期待渚目睹「金曜堂」地下書庫的反應。

然而，無論我拉開倉儲室地板上的把手、變出通往地下書庫的小入口，或是以手電筒照亮全黑的樓梯及斷斷續續的通道穿梭其中，甚至走下彷彿通往地獄的長梯來到地下月台，看見大量並排的書櫃，渚漂亮的眉毛仍文風不動。

「原來如此。」

這是他唯一的感想。

「等等，不要理所當然地接受啊。你都沒有其他想法，也沒嚇一跳嗎？」

「這是地下鐵的月台嗎？」

「沒錯，曾計畫通車的夢幻地下鐵，後來因戰爭沒能實現，荒廢數十年，由『金曜堂』的老闆出資改建，化身爲書庫。你不覺得很厲害嗎？」

我忍不住滔滔不絕地說明，渚流露些許困擾的神色，平板回道：「好厲害喔。」然後，他指著我手中的條碼盤點機。

「那些不重要。時間不多，我們趕快開始吧。」

「啊，嗯，你說的對。」

簡直搞不清楚誰才是後輩了，我急忙舉起條碼盤點機，掃描書籍條碼。地下書庫也有許多沒條碼的古書，我請渚念出類別代碼和售價，以手動方式輸入。

渚垂下長睫毛，安靜地盤點。他的學習能力很強，如同稍早的店頭作業，一下就記住條碼盤點機的操作方法及順序，因此不一會，我就換他掃描。

好不容易清點完第一座書櫃裡的所有藏書，我和渚同時仰望天花板。

「好累啊。」

「唔，真的會累。」

我摸索圍裙口袋，拿出一盒薄荷糖倒給渚。他禮貌地雙手接過，放入口中。

「加油，再過不久南店長就會來幫忙。」

「那個店長……」渚點點頭，自言自語。「她就是栖川口中『重要的朋友』吧？」

「咦？」

「他們應該是情侶。」

「咦？」

「總覺得他們挺相配。」

渚大膽的臆測害我心生動搖，但我努力提出質疑：

「是、是嗎?南店長、栖川與老闆和久是高中同學，又是『星期五讀書會』的成員，確實算得上是『好朋友』。畢業後還一起開店，想必感情很好吧，但應該不是情……」

這麼一提，我才發現槙乃和栖川的確十分登對，兩人站在一起美得如詩如畫。可是，至少依我打工幾個月來所見，他們並未流露出情侶的氛圍——難道這是我的主觀認知？不，就算帶有私心，客觀來說，我也覺得他們真的只是好朋友。

我忽然想起曾在地下書庫看過槙乃掉淚。從槙乃平常在「金曜堂」精神抖擻工作的模樣，難以想像她會流下如此透明、凝聚滿滿哀傷的淚水。

她到底和誰、經歷過哪些風風雨雨？思及此，我深深感受到與她之間的遙遠距離，不禁陷入沮喪。

「南店長的心裡似乎住著另一個人，不是栖川。」

不知是不是我的說法太沉重，渚訝異地回頭。他是個聰明敏銳的孩子，一定聽出我的話中的含意，所以沒答腔。由此可看出，在成年人社會打滾的孩子的處世之道。

「我們繼續吧。」

渚說著，舉起條碼機。

我們來到翻譯文學的櫃位繼續盤點。渚拿起一本書，是麥克・安迪的《默默》岩波少年文庫版，能輕鬆納入不大的掌心。他刷著條碼，垂下長長的睫毛呢喃：

「栖川好像默默。」

我一時無從回應。閱讀《默默》的時候，我從來沒這麼想過。不過，或許是默默和栖川的外型相差太遠，我才無法直覺聯想。根據書中描述，默默住在小小的圓形廢墟劇場，身材瘦小，看不出是接近八歲還是十二歲，擁有一頭蓬亂的粗糙黑鬈髮，彷彿出生後就不曾梳剪。眼睛又大又漂亮，顏色和頭髮一樣黑，是個走路不穿鞋、腳印黑壓壓的流浪小女孩。

「哪裡像呢？」我問。

渚輕搓小巧的鼻子，抬頭望著盤繞在天花板的通風管。

「栖川和默默一樣好講話，應該說，會讓人想對他傾訴。」

「嗯，這倒是眞的，栖川擅長聆聽。」

「對吧？所以，他身旁總是圍繞著朋友。」

應該是朋友加上職場同事，難免成天混在一起。想歸想，我只是靜靜點頭。

「我認爲，他和我待在完全相反的位置。」

渚悄聲嘆氣，輕輕翻開手中的《默默》。

「我是灰色的男人，無法和默默當朋友。」

灰色男人是在《默默》裡登場的時間盜賊。

「他們並不是透明人，確確實實看得見——只是沒人發現他們。這些人可怕的地方在於熟知如何躲過世人的目光。人們不是剛好沒看見，就是看見以後馬上就忘了。」

渚以清亮的嗓音朗讀內文，語氣隱約透著寂寞。

「渚，你——」

你一點也不像灰色的男人——我輕率的發言被渚打斷。他睜著渾圓的雙眼，抬頭看我。黑色瞳仁很大，就像童話故事裡描述的孩童。

「大家看見我，都說我是『某某童星』，除此之外就沒了，沒人真的在看我。」

「你是指，沒人瞭解眞正的你嗎？」

「是的。不過，沒關係，我沒有值得宣揚的內涵。」

我嚇一跳，忍不住盯著他。渚不動聲色，繼續道：

「我是空的。正因是空的，才能當演員，扮演劇本中的角色，平常則扮演『童星津森渚』，也許這就是我的本質吧。」

「不，等等，在學校同學面前呢？面對朋友時，應該——」

「我沒有朋友。」

他不等我說完便一口否定。

「上學時我會配合同學說話或做出反應，但不是覺得誰多麼有趣。他們的玩笑和惡作劇都很無聊，我雖然不厭惡，卻無法提起興趣。我和他們只是恰巧讀同一班，算不上朋友吧？」

回憶起小學和國中生活，我差點發自內心附和「眞的」。渚聰慧的雙眼露出精光，我趕緊自圓其說：

「可、可是，你還有去學校以外的地方吧？像是片場啊。其他童星和工作人員當中，沒有能稱爲夥伴的朋友嗎？」

渚無奈地嘆氣，抬高小巧的鼻子。

「夥伴？你是白痴嗎？」

「好惡毒。」

「童星基本上全是競爭對手，工作人員都是大人，沒空管——」

渚說到一半打住，再次翻開《默默》。

「大人厭惡小孩，但也厭惡大人，他們變得厭惡一切。完全就是書裡的寫照。」

「你的爸爸和媽媽呢？」

「我父母嗎？他們開了高級二手商店『津森』，電視上也有廣告，目前忙著在全國擴展店鋪。」

「啊，我有印象。」

我迅速推了推鏡架。記得廣告裡有隻金光閃閃的招財貓，邊跳舞邊大喊：「不要的名牌貨，統統送來津森貓嗚〜」

「經營全國性的公司一定很辛苦。」

我有切身體會，忍不住點頭。爸爸是全國連鎖的大型書店「知海書房」的社長，我從小看著他忙進忙出。然而，被最喜歡的書籍包圍，總是笑口常開、工作多年的爸爸，現在生重病住院。儘管生病不全然是工作害的，但若不是平日太忙，應該能即早發現。

渚不在意我忽然變得有點消沉，接著說下去：

「父母每天忙著工作賺錢，看起來卻樂在其中，很像《默默》裡被灰色男人偷走時間的大人。在他們眼裡，小孩只是剝奪賺錢時間的麻煩包袱。」

「不是——」

「不必安慰我。父母並不討厭我，他們是用自己的方式拚命養育我，這我當然明白。他們努力思考過對雙方都好的方式，就是『上才藝班』，眞是一舉兩得。爲了找到可以長時間不用顧小孩，又能借其他大人之手保護我的『才藝班』，他們曾費盡苦心。」

「就是讓你當童星嗎？」

「是啊。起初我自己去上課，陸續接到工作後，就由經紀人弓小姐充當我的監護人。」

我曾向渚手中的《默默》。猶記書裡的孩童認爲自己沒人要，像渚這麼聰明懂事，又是怎麼想呢？他眞如自己所說，能夠區分種種複雜的情感嗎？

「灰色男人覺得默默非常耀眼，其實他們也想那樣生活，但不論怎麼追趕，永遠都不可能追上她。」

渚痛苦地說著，垂下眼簾閃避我的視線。他可愛的臉蛋變得毫無血色，感覺不到溫度。

「提到盤點……我有點累了。」

渚輕輕撇嘴笑道。說來可恥，雖然比他多活將近十年，我卻無法和他一樣，設身處地爲別人著想。因此，我當下眞的不知該如何回話，眞是太丟臉了。

「宵夜做好嘍。」

背後傳來呼喚聲，我和渚同時抬頭。槙乃宛如懷抱機關槍，揣著大大的手電筒站在後頭。

「妳什麼時候來的？」

渚尷尬地撇頭問，槙乃含糊回答：「剛剛。」

槙乃應該一看就知道我們盤點進度落後，但她什麼也沒說，露出找到天邊最亮的一顆星的明朗表情，指著樓梯說：

「我們上樓吧，大家在喝蘆筍濃湯。」

槙乃以手電筒照亮腳邊，輕快步上階梯。我和渚刷完手中的書籍條碼，爭先恐後地衝回地面。

❀

栖川做的宵夜大量使用附近居民贈與的食材。濃湯裡加入許多蘆筍、馬鈴薯、高麗菜、洋蔥與培根等豐富配料。即使不是深冬時節，湯品也能溫暖人心。營養透過喉嚨暖洋洋地進入身體，趕跑疲憊。

「挑喜歡的吃吧。」

槙乃捧起竹籃，裡面放著「克尼特」的核桃煙燻起司法國長棍麵包、無花果裸麥麵包，及捏成烏龜造型的法國麵包。

「烏龜麵包……」

「我剛剛趕在『克尼特』關店前買的。某人使喚我去買。」

和久鼻子噴氣表達不滿，棲川瞇細藍眸凝視渚。在鎢絲燈泡的映照下，棲川的眼瞳彷彿時時刻刻變換色階深淺，實在不可思議。

「這是卡西奧畢亞嗎？」

渚謹慎地問。卡西奧畢亞是《默默》裡，能稍微預見未來、活在時間之外的烏龜。棲川的雙眼瞇得更細，臉上微微浮現笑意。看來，麵包的確是爲此準備。渚很高興和棲川心有靈犀，手伸向烏龜造型的法國麵包。

「開動！」

我們這些書店店員也學著渚，分食烏龜麵包。

當烏龜麵包被吃完，裝著豐富配料的濃湯的鑄鐵鍋也見底，槙乃從高腳椅起身說：

「我去洗碗。」

「棲川，換你坐。」

她把棲川從吧檯內推出來。棲川連和我們用餐時，都將高腳椅拉進吧檯內，想必裡頭是他最能放鬆的小城堡。栖川被逼著出城，雖然有點困惑，但沒多說什麼，依言坐在槙乃的高腳椅上。

槙乃用力扭開流理臺的水龍頭，帶起話題：

「栖川，你還記得第一次在『星期五讀書會』介紹的是哪一本書嗎？」

「是《默默》。」栖川即刻回答。

「咦，不是開高健的《OPA!》（註）嗎？」

「不，第一本是《默默》。」

栖川搖頭否定和久的質疑，再次強調。他眼裡掠過一道銳光，交互看著槙乃和渚，難得顯露出緊張。

槙乃沒回頭看栖川，擰著海綿上的泡泡說：

「當時你對我們提過關於《默默》的往事，也告訴渚吧。」

「可是……」

「說嘛。」

槙乃停下洗碗的手，確認般緩緩眺望著盤子，「嗯」地點頭一笑。

「我不要緊，說吧。」

儘管槇乃再三保證，栖川依然躊躇不決，向和久使眼色。和久無奈地聳肩，抬起下巴表示：「栖川，你就說吧。」

栖川總算重新面對我，確認過渚的表情後，以悅耳的嗓音娓娓道來：

「我小學的時候沒有朋友。」

「咦？」

我和渚同時抬頭大叫，不小心四目相接，趕緊別開視線。

栖川不受影響，繼續道：

「當時我不愛說話，比現在沉默許多，不論對誰都一樣。」

「我超佩服可以不說話的人。」

和久不小心插話，槇乃輕咳兩聲制止他。這麼一提，和久的確像是不說話會憋壞的類型。

「加上當時忙著準備中學考試，無暇玩耍。我的志願校是非常難考的國立大學附中。

註：日本文學作家開高健最著名的釣魚散文，描寫與亞馬遜河的猛魚搏鬥的過程，書中附大量充滿魄力的照片，令人忍不住大嘆：「OPA！（巴西語的感嘆詞）」

回想起來，我已搞不清究竟是自己想考，還是父母如此期望。」

栖川彷彿事不關己地側過頭。

「或許是我腦筋不好，或許是方法不對，也可能兩者都有，升上高年級後，我的成績急速退步，心裡很著急，想更努力補救，直到某一天，我生病了。」

「生什麼病？」

渚緊張地追問，栖川點點頭。

「我會突然記憶中斷，止不住汗水和淚水，胸口有強烈的壓迫感，嚴重起來甚至無法動彈。身體無法按照自己的意思行動，連本來不多的喜怒哀樂都逐漸喪失，我眞的害怕得不得了。」

「在生病以前，你沒想過要停止念書嗎？」

渚不忍地繃起臉，然而栖川面不改色，淡淡回答：

「停止念書嗎？想都沒想過，我認爲自己只剩念書。要是不準備考試、沒考上志願校，我覺得自己會『咻』地消失。」

栖川說到「咻」的時候，握住置於面前的手。我扶著鏡框屏息以對，渚小口微張，雙眸睜得又圓又大。我知道他爲何吃驚，眼前的「默默」，過去竟是「灰色男人」，和他是同一國。

棲川輕輕一笑，渚頓時面紅耳赤，急忙低下頭。他像隻小松鼠，雙手捏起盤子裡剩下的無花果裸麥麵包啃咬，鼓著腮幫子望向棲川放在吧檯角落的《默默》。

「可是，你不是說，那是『朋友送我的重要寶物』嗎？所以，你有朋友吧？」

棲川輕瞄始終垂下眼簾洗碗的槙乃，將幾枚空盤隔著吧檯交給她，緩緩開口：

「他是我的鄰居。」

「兒時玩伴嗎？」

我追問，棲川搖頭。

「我們的確從小就是鄰居，但不是玩伴。他罹患重病，長年住院，沒上幼稚園和小學。我們不僅沒一起玩過，連交談和見面的記憶都沒有。」

據說那個孩子經過漫長的治療，終於在小學六年級的秋天回到班上。

「他在大學附設醫院的教育中心上過課，不過要治病又要念書，本來就有極限。剛轉來我們班上時，他已跟不上六年級的進度……可是，當時的我完全沒察覺他的辛苦。」

棲川悔恨似地補上一句。

「幸好他頗有人緣，一下就融入班上，應該交到許多朋友。老師很疼他，利用放學時間和週末特別爲他一對一教學，所以，他迅速追上進度，應該是本來腦筋就不錯。」

栖川一字一句說得很小心，聲音和表情卻流露出至今不曾見過的色彩。大概是對老友的思念，爲總是沉著寡言的他增添一分溫度吧。

「同時，生病的我不知什麼原因——也或許沒有原因，我不記得了，只曉得自己突然在教室抓狂，亂丟桌子、踢翻椅子、砸破窗玻璃、大吼大叫。同學嚇壞，導師也愣住。這也難怪，畢竟我始終被遺忘在教室的角落，沒人理解我，沒人知道我，連我自己也不例外。」

「接下來呢？」

「別班一共來了三個男老師，把我架走。」

栖川爽快地說，輕揚嘴角。

「母親被叫來學校，我回到無人的家，躲進被窩。棉被裡安靜、黑暗、溫暖，直到現在我仍記憶猶新。我想一直睡下去，不用念小學、不用考試、不用升學，不需要面對所有的未來，我希望在睡眠中死去，祈禱心臟快點停止，滿腦子都是這些負面想法。」

栖川小學時感受過的深沉絕望，鮮明地傳來，我不禁屏息。渚的表情從最初的訝異滲出其他感情，具體來說，是一種親近感。也許，他對此再熟悉不過。我能稍微想像渚鑽進溫暖棉被裡避難的樣子。

「我不去上學，不去補習，轉眼過了一週，就在我覺得自己真的不會再爬出被窩時，那小子突然來訪。」

「朋友嗎？」渚問。

「沒錯。」栖川點頭。「阿迅是我交到的第一個朋友。某天放學，他突然從隔壁來到我家，給我這本《默默》。是收在書盒裡，光澤如新的硬殼精裝書。」

——這是我最喜歡的書，借你看。

「阿迅」當時是這樣說的。我想像著陌生的阿迅身影，凝視擺在吧檯上的《默默》。自懂事就躺在醫院的病床上，望著天花板及窗外的天空度過童年的男孩，究竟編織出何種夢想，對人生有什麼想法，我都無從知悉。然而，當他翻開《默默》，追逐文字構成的世界時，就和我們沒兩樣。埋首書中的時間，給予所有人等量的自由。

阿迅應該是想和栖川分享這份自由吧。

「你馬上就讀了嗎？」渚問。

「嗯。」栖川點頭：「倒不是對書有興趣，而是好奇長時間沒上學，但復學隔天就和大家打成一片的阿迅。我想透過閱讀《默默》瞭解他。」

「那你瞭解了嗎？」

「你是指阿迅？不，當然不可能完全瞭解。可是，我隱約明白他的氣質……或者說，他身上的氛圍是怎麼來的。我認為阿迅就是默默。」

渚肩膀輕顫，呻吟似地嘆一口氣，直直望著栖川。

「和他說話，會讓你漸漸找到自我嗎？」

「沒錯，你形容得相當貼切。」

栖川瞇起藍眸，對渚連連點頭，仰望天空。

「初讀時，我一天就看完。之後，我又花三天從頭到尾細細重讀。讀完第二遍時，我爬出被窩去上學，只因想把《默默》還給阿迅。」

阿迅笑呵呵地指著書問：「喜歡嗎？」栖川點頭，阿迅就說要送給他。

「他的《默默》還好好地收在書櫃裡。阿迅是當地書店的小孩，為了我特地買這本書，難怪那麼新。」

栖川坦率道謝，小心地將《默默》捧入懷中，接著阿迅邀他一起玩。多虧當時成為班上核心人物的阿迅幫忙，栖川才能比起過去更融入班上。

栖川個人的說法是：「我開始對人群產生興趣，變得比較愛說話。我是指跟之前比。」

連吃得最慢的渚的盤子也空了，我起身收拾碗盤，繞進吧檯。槙乃不知何時停止洗碗，專心聆聽栖川說話，面前堆起高高的餐具。

「南店長，我來幫忙把這些洗好的餐具擦乾吧。」

「謝謝。」

我一攀談，槙乃似乎有些慌張，手用力一轉，水龍頭噴出熱水。

「然後呢？你和那個朋友怎麼樣了？」

渚在吧檯另一側托腮問道。他目光迷茫，眼皮似乎快閉上。來到不熟悉的環境，做著陌生的工作，當然會累。

「渚，你明天一早要拍戲吧？差不多該睡覺了。」

栖川平靜回應。但渚帶著睏意，不放棄地追問：

「你現在和那個朋友感情還是很好嗎？」

「當然，這還用問嗎？啊？」

和久從旁插嘴，發出豪邁的笑聲。

我戴好歪掉的眼鏡。

「咦，和久，你也認識栖川的朋友嗎？」

「對啊，阿迅嘛？我們滿熟的，他也是『星期五讀書會』的一員，是讀書會同好。」

我緊握藍色的擦拭布，胸口一股冷風吹過，心亂如麻。我偷覷在旁邊洗碗的槇乃側臉，若無其事地搭話：

「那麼，想必南店長也認識嘍？」

熱水「嘩啦——」地流個不停。槇乃抓著海綿重重點頭，我覺得口乾舌燥，擠出聲音問：

「阿迅——迅先生現在……」

——人在哪裡呢？讀完雷蒙．錢德勒的《漫長的告別》，認爲馬羅最後的選擇「太嚴厲」的就是迅嗎？讓笑口常開的南店長流淚的就是他嗎？

心中接二連三浮出的疑問沒能問出口，只見渚突然睡著，險些從吧檯前的高腳椅滑落。

栖川急忙從側面扶著他，身體卻失去平衡，椅子倒在地上。和久的酒灑了出來，暴跳如雷，演變成一場不小的騷動。渚始終沒驚醒，安穩熟睡，眉間一掃陰霾，不見任何皺紋，睡相像極天使。無論哪一刻、哪一角度，渚眞的都宛如畫中走出的孩子，我隱約明白他爲什麼會成爲童星。

❀

栖川將渚抱到桌位的沙發。渚就這麼墜入夢鄉，隔天早晨露出小王子般的燦爛笑容起床。

「對不起，我昨天工作沒做完就睡著。」

他雙腿並攏，非常熟練地彎下腰。

「別在意，你幫了大忙。」

槙乃坐在吧檯前，回頭微笑，展現出成年人的從容，臉上卻有清晰的毯子壓痕。大概是宵夜時間聊得太開心，盤點進度落後，我們忙到清晨才完成。店員各自前往地下書庫的簡易床組、茶點區或倉儲室小睡，槙乃也才剛起床。

昨夜未完的問題在腦海盤旋不去，但此刻的氣氛實在不適合再問。

栖川似乎比所有人早起——或許他根本沒睡。只見他穿戴整齊、打上領結，站在吧檯的另一頭煮咖啡。

「攝影地點在附近嗎？」

「是的，在各位母校的操場，拍攝運動會場景。」

「眞的假的？野原高中要上電視？上電視耶！」

和久蜷縮在吧檯旁的睡袋裡，聽到這個消息立刻坐起，凹陷的小眼睛興奮地閃閃發光。

「早上六點開始攝影，如果有空，你要不要來參觀？」

渚優雅地咬著栖川做的雞蛋三明治，提出邀約。和久開心到發不出聲，點頭如搗蒜，接著掃視我們。

「你們一起來吧？這種機會可不多。」

「什麼機會？你想幹麼？」

「小少爺工讀生，你閉嘴！這裡和你在麻布還是廣尾的老家不一樣，拍外景、上電視、見到藝人，是夢寐以求的盛事，你們說對不對？」

和久向栖川和槙乃徵求同意，兩人卻歪著腦袋。他的語氣逐漸轉爲懇求：

「好啦，走嘛，開店前回來不就得了？」

「有時間湊熱鬧，不如多睡一——」

「揍你喔，小少爺工讀生！你是員工裡最年輕的，打起精神好不好。」

槙乃喝著咖啡看我們一來一往，喝完後將杯子放回茶碟上，對渚微微一笑。

「嗯，決定了，『金曜堂』所有成員一起去參觀吧。」

退出野原車站的票口，往國道另一側的山道前進，野原高中就在途中。爬坡雖然辛苦，幸好單程不用二十五分鐘，此外，車站前的圓環也有接駁公車可利用，車站附近還有自行車供學生租借通學。

當天板橋從飯店來接我們，包下整台箱形計程車載我們過去，一下就來到山坡上。其他人似乎抱著觀摩攝影的心情坐在車裡，只有我更想看看槙乃他們的母校。

校舍終於出現在山坡上，是棟上下左右略為錯開的七層寬敞大樓。在群山環繞的田園風光中，儼然一座突兀的高聳要塞。

「該怎麼形容……好新潮的校舍。」

「對吧？我們那個年代還稱為『野原九龍城』，相當有氣氛吧？」

「九龍城啊……確實如此」

我推推眼鏡表示同意，和久指著校舍上方。

「操場在後面。」

我們穿越跟校舍相比顯得過小的正門，從彷彿永遠照不到光的側面通道繞到後面，出現一座普通大小的操場，垂掛著萬國旗。狹窄的角落架設有運動會丟球比賽用的球籃及計分板。

「操場……意外地小。」

我頓時有些呆愣，和久露出賊笑。

「第一操場的確比較小。」

「啊，還有第二操場嗎？」

「總共有八座。」

我訝異得屏息，和久滿意地點頭：「別小看猛瑪校。」

攝影場地似乎是在第一操場，充滿小學生運動會氛圍的器材和裝飾應該是攝影道具。早晨白色霧氣未消，操場四周已聚集三五成群的圍觀民眾。不知大家從哪裡聽到風聲，不少人跑來湊熱鬧。當地居民站在圍起的繩子外朝著演員喊話、舉起手機攝影，遭工作人員警告。

我好奇地詢問身旁雙眼發亮的槙乃：

「南店長，妳也在這座操場上過體育課嗎？」

「對啊，槌球好好玩。」

「槌球……」

聽到這個不容易聯想到揮灑青春畫面的運動競技，我突然不知該如何接話。

此時，渚已呈現專業人士的表情，毫不在意場邊騷動，與其他年長演員一同聆聽導演指示。不知何時，他換上白衣加藍色短褲的運動服，頭上的紅白帽新到不自然，導致眼前的畫面益發顯得夢幻而不眞實。

每次確認演員的動作與攝影機的位置，渚就要和其他小演員在跑道上不停奔跑。他們盡量保存力氣，將體力留給正式拍攝。

雖然不瞭解連續劇的拍攝過程，不過，看著他們不厭其煩、心平氣和地重複一樣的動作及台詞，我不禁佩服演員的耐性。被攝影機和聚光燈包圍的華麗職業，是我對演員的刻板印象，想不到實際拍攝過程如此呆板樸實，令人吃驚。忙著忙著，似乎到了休息時間，工作人員和演員紛紛散開。

渚率先跑到板橋身邊，口頭傳話。板橋拔起紅筆的筆蓋，在劇本上寫下註記。接著，渚從板橋手中接過瓶裝茶，輕輕靠在嘴邊，同時轉動眼珠尋找我們——正確來說，是尋找栖川，於是我高高舉起手呼喊：

「渚。」

渚像個普通的孩子，穿著運動服跑來，但他接近我們時所嘆的氣，跟大人一樣充滿疲憊和無奈。

「辛苦了。」

「是啊，眞的好累。只是彩排而已，需要眞的跑百公尺嗎？劇本上寫的明明是借物賽跑。」

語畢，渚低下頭，摳起瓶裝茶上的標籤。

爲了改變略顯沉悶的氣氛，槇乃輕柔開口：

「你們在拍攝什麼場景？」

「來參加小孩運動會的男女主角，透過視線確認彼此的心意。」

「只有視線嗎？」

「畢竟是婚外情，要壓抑才能表現出戲劇張力。」渚稀鬆平常地解釋，聳肩道：「我們這些小演員負責拚命完成借物賽跑，這樣才能凸顯男女主角眼神中的悲傷無奈，使這一幕變得更有意義。」

「辛苦了。」

我不小心說出一樣的話。這時，板橋拿著劇本走來提醒他。

「渚，差不多嘍……」

她笑咪咪地朝我們點頭致意，不著痕跡地引導渚回去，不管是眼神或掌心的力道，都流露出近似於家人的溫情。渚能成為了不起的童星，背後一定有板橋超越經紀人身分的溫暖支持吧。

「還記得更改的台詞嗎？」

板橋確認，渚點點頭，做出表情。

「『小堇！小堇！小堇在嗎？』」

他發出比平時高亢清澈的話聲，板橋翻開紅筆修正過的劇本，陪他對戲。

「『在！』」

「『小堇，和我一起跑。』」

「『好……』——嗯，看來沒問題。」

板橋「啪」地闔上劇本，淺淺一笑。渚似乎覺得無聊，手盤在腦後回到攝影現場。

「我找不到真正想說的話，不得不背的台詞倒是愈來愈多。」

只有面對認識多年的板橋時，渚會冒出小孩的語氣。我看著渚走遠，總覺得今天他的肩膀格外纖細，旁邊的槇乃大喊：「喂——」

「渚，我要考你猜謎，準備好了嗎？」

「什麼？」

「預備——」

「呃，南店長？」

板橋面帶困窘試圖阻止，但槇乃肆無忌憚地說下去：

「三兄弟住在同一棟房子裡。

其實他們毫無血緣關係，

可是當你想要區分他們，

又會發現他們長得一模一樣。

大哥不在家，晚點才會現身。

二哥也不在，剛剛才出門。

只有小弟留在家裡，

但如果小弟不在家，

其他兩人也不會存在。」

這個猜謎還有後續，但渚先打斷她：

「這是《默默》裡出現的猜謎，對吧？」

「沒錯！是時間老人對默默出的謎題。」

「閱讀的時候，我就猜到三兄弟、三兄弟一起治理的國家，還有三兄弟居住的家代表什麼。」

「那麼，」槙乃稍稍停頓，露出調皮的笑容：「改成我自己出的猜謎吧。」

「呃，不好意思，輪到渚上場。」

板橋忍不住打岔，槙乃不著痕跡地帶過，繼續說：

「默默之所以是默默，最需要的東西是什麼？」

「什麼意思？」

渚用力皺眉反問，槙乃挽起站在左右兩側的栖川和我的手臂，故弄玄虛地說：

「等你知道答案，就會成爲默默。你不需要一輩子當灰衣人。」

「什麼意思？」

渚說了和剛才一樣的話，不過由於栖川站在槙乃旁邊，語氣少了幾分強勢。然後，在板橋的催促下，他被帶到攝影現場。

槇乃勾住的手臂逐漸發麻、失去知覺，我忍不住問：

「剛剛的猜謎，答案是什麼？」

「你沒讀《默默》是不是？」

和久用力一吼，跑過來硬是剝開槇乃勾住我的手臂。我一陣茫然，他拍拍我的肩膀，挽起我的手臂說：

「天才童星究竟能不能解開南出的謎題？你們賭哪邊？」

「要是解出來，請他吃抹茶口味的哈根達斯吧！」

槇乃提議，栖川點頭答應。

他們讀高中的時候，是否就像現在這樣，聚集在校舍一隅，開心談笑？「阿迅」是否也在行列中？我有種唯獨自己被排除在外的落寞與懊惱。

攝影機開始繞行，穿白色體育服飾演體育老師的演員舉起鳴槍。

「各就各位，預備！」

槍聲準確響起，渚一行人同時衝出去。正式演員與臨時演員交雜的觀眾群齊聲發出喝采。

小演員們全力衝刺，繞過半圈操場。眼前的地面撒著寫有借物項目大字的紙。如果是正式比賽，跑得快的人有權選擇對自己有利的項目，不過，在連奔跑順序都決定好的戲劇攝影中，小演員各自假裝隨機拾起預先安排的紙。

渚也撿起紙，高高舉在頭頂，望著加油席。至此，導演喊出：「卡！」

看到紙上寫的題目，我不由得「啊」地大叫。

「朋友」。

紙上清晰寫著大字。

渚與我同時睜大眼睛，約莫是想到槇乃謎題的答案。

——她至今東奔西躲，都是爲了自保。長久以來，她滿腦子只想到自己無依無靠、寂寞不安，但仔細思索，眞正危險的，不正是那些朋友嗎？現在能幫助他們的，只剩下默默。

察覺這一點，默默如獲新生。

——她得到勇氣與信心，就算要面對世界上最可怕的東西，也不會輸。

於是，遭灰色男人逼入絕境的默默，又變回我們熟悉的默默，化身爲不輸給灰色男人、挺身拯救朋友的強悍少女。

攝影機靠近，下一幕正式開拍，渚卻停下動作。現場一陣騷動，按照劇本，此時渚應該對著加油席大喊：「小菫！小菫！小菫在嗎？」然而下一秒，渚轉向完全相反的一側，那是以繩子圍住的攝影觀摩區。

渚舉起細瘦的胳臂，亮出寫著「朋友」的紙，高聲喊叫。他用不算高亢也不稚嫩的聲音喊出的名字，並不是「小菫」。

「栖川！栖川！栖川！栖川！」

渚嬌小的身軀扭捏著吶喊：

「和我當朋友！」

向來順從地融入大人的社會，深知自己的本分與職責，總是避開麻煩也不打擾別人生活的男孩，第一次說出心中的願望，展現自身的想法。不是爲了迎向未來，不是爲了改變過去，而是爲了跨出這一刻。

導演喊「卡」的同時，一個像是副導演的男人快步走來。

「怎麼了？台詞不對，動作也不——」

「我也想交朋友，想試著用自己的方式詮釋。我不想只思考做得對不對、有沒有得到利益。我希望能好好看著其他人，就像默默一樣。」

「默默？我不知道你在說什麼，你過來——」

副導演想把渚拉到旁邊，有個人卻先一步走上前。是栖川。

「你是誰？外人不准靠——」

副導演正要趕走栖川，板橋急忙衝出來道歉。

「對不起，請讓他演完。」

「什麼？妳是這孩子的經紀人？妳有什麼資格要求我？能替換的兒童演員多得——」

「您要換角也行，至少先讓他演完。」

板橋深深低頭，卻朝左右各跨一步，不著痕跡地擋住副導演。渚真的擁有最棒的經紀人。

多虧板橋的幫忙，栖川才能順利來到渚的面前，將他輕輕抱起。於是，高個子的栖川抱著渚，迎向終點。由於導演喊停，沒人守在終點拉繩，不過栖川和渚依然跑完全程。我想，渚已成功變成默默。

工作人員察覺小演員的小小叛逆而衝過去。我看見栖川在人群中，從外套口袋拿出岩波少年文庫版的《默默》。

栖川把書交給渚，並且說了什麼。渚的臉上散發光彩，抬頭仰望，接著小心翼翼地接過書，緊抱在懷中。

「那本書是……？」

「那天盤點完，黎明之際，栖川在你睡著後買的，說要『送給朋友』。」

槇乃雙手掩嘴，嘻嘻笑著。我內心一陣感動，望著被工作人員架走的渚和栖川。人與人相繫的瞬間大多如此滑稽，有點徬徨，還有那麼點丟臉。至今我總懷抱「這樣就夠了」的想法，藉由在社群網頁悉數按下「讚」，安全度過合群、不怕受傷害的每一天。我並不知道……

不知道有些結果只能透過滑稽、得罪別人、丟臉的方式才能迎來。更不知道這樣的結果，能使人活得輕鬆自在。

接下來，渚和栖川一定會惹怒更多人。然而，他們的表情是如此愜意、開心。人在交到新朋友的時候，就會露出這種表情。

❀

我們這些書店店員聚到桌位的一端，靜待活動準備就緒。

睽違多日，今天是朗讀社「長崎蛋糕」的成果發表會。

主辦者楢岡華麗現身，彷彿以此為暗號，扮成森林動物的成員及觀眾魚貫入場，每個人都握著濕雨傘。氣象預報沒失準，午後下起雨。渚的手臂上掛著藍色雨傘，最後一個進來。他是我們引頸盼望的顧客。

「午安。」

渚的話聲有一點點沙啞，可能是緊張，也可能是進入變聲期。我想起自己也曾經歷那個青澀、尷尬的階段，不禁瞇起眼。循著渚的視線望去，棲川在前方輕輕點頭致意。

「最近好嗎？」

「嗯，很好，新廣告也敲定了。」渚略略思索後說：「學校體育課要編舞，我們班獲得優秀獎。」

「太好了，動作是誰想的？」

「是我！」

渚在棲川的面前，逐漸會流露出活潑、調皮的一面，與演戲時有著不同的可愛。

那天之後，渚與板橋商量，一口氣減少戲劇工作。他用多出來的時間上學、到「金曜堂」玩，或是和今天一樣，參加朗讀社「長崎蛋糕」的活動表演。

不再頻繁上電視後，指名找渚的工作反倒增加。關於這一點，連幹練的經紀人板橋似乎都始料未及，既開心又納悶地說：「太奇妙了。」

「今天就從『長崎蛋糕』最年輕的新成員——津森渚開始朗讀吧。」

楢岡說完拍手，全場隨即給予熱烈的掌聲。

渚抱著書走到中央，在準備好的高腳椅坐下。

「今天要朗讀的是瓊．G．羅賓森（註）的《回憶中的瑪妮》。這是『金曜堂』的南店長介紹給我的小說，我一讀就愛不釋手。主角雖然是個小女孩，但我完全能體會她在故事中的各種心境，相信各位也能透過朗讀，感受到書籍的魅力。」

渚介紹完書籍，清清嗓子，以沙啞的聲音朗讀起來，我們頓時聽得入迷。

這裡應該聽不見雨聲，然而雨聲卻恬靜、溫柔地在我耳內響起。

註：Joan Gale Robinson（一九一〇～一九八八），英國女性作家、插畫家，代表作《回憶中的瑪妮》由日本吉卜力工作室改編為動畫。

第4章

野原町綺譚

比起往年，梅雨稍微來得早，肌膚悶熱出汗，碰到鋼桌傳來黏膩不適的觸感。

「這裡應該收不太到訊號吧？」

背後突然傳來話聲，我大叫「對不起」，同時站起。

回頭一看，槇乃抱著一堆書，一雙大眼睛因吃驚睜得更圓。

「呃，不，抱歉，南店長。」

我邊道歉邊關掉智慧型手機的瀏覽器，槇乃呵呵笑道：

「沒關係啦，倉井。現在是休息時間，你想做什麼都行。」

「不，差不多要看完了……有點斷斷續續，但勉強能用。」

「什麼？」

「啊，我是指手機的訊號。」

我察覺對話有點兜不上，卻不知道該如何補救。

我扶著鏡框陷入沉默。「對不起，我好像打擾到你了。」槇乃垂下眉毛，帶著歉意走出倉儲室。

我嘆口氣，在摺疊椅坐下。由於不想讓槇乃發現我平常都在逛一些低俗的網站，不小心反應過度，這下益發顯得庸俗。我對自己很失望。明明心裡期盼能與槇乃更自然地交談，怎會變得這麼尷尬？

我再度嘆氣，打開剛剛關掉的網頁。

討論串多又雜亂的論壇上，不斷跳出真偽交雜的匿名留言，當中不乏我打工的書店「金曜堂」的傳聞。話說回來，當初會知道「金曜堂」，就是在論壇看到網友提及「聽說去那家書店，就能找到想看的書」。如果單看有關「金曜堂」的討論串，多半是常見的話題或帶著善意的留言，但這次瞥見的內容，卻令我備受衝擊。

——野原車站「金曜堂」的老闆是黑道啦。

——爺幹的勾當被爆料嘍ｗｗｗ

——爺和「金曜堂」有關喔？

無數留言當中只見三句討論，而且馬上就沉下去，不太可能再浮上來，儘管如此，依然深深烙印在我心底。心情容易被空穴來風的謠言影響的人，應該少用網路，偏偏我的意志力不夠，真是懊惱。

休息時間結束，我回到店面，書櫃區沒客人，茶點區有個穿西裝的中年男子坐在吧檯前與栖川交談。今天是星期五，時間還不到下午五點，不待在公司沒問題嗎？

栖川雖然是書店店員，不過一天大多數的時間都在吧檯裡調製飲料及出餐，今天他一如既往，在白襯衫加領結的衣服外，套上代表書店店員的墨綠色圍裙，一雙藍眸在黑髮與日本人的五官當中散發出奇異的魅力，緊盯顧客，靜靜聆聽對方說話。

「倉井，你來一下。」背後傳來柔和的呼喚，回頭一看，槙乃站在入口處的平台前，睜著閃亮亮的大眼睛，得意地張開雙臂。

「野原高中要放暑假了，我想做野原町的鄉土史書展。」

聽說野原高中的高一學生，每年都有鄉土調查的暑假作業。

我走出結帳櫃檯，檢視槙乃挑選的書目。當中包括從明治時代（註一）流傳下來的各時代鄉町地圖，由本地的鄉土歷史專家撰寫、名不見經傳的當地居民出人頭地奮鬥記，還有傳說故事、搖籃曲，甚至是附近農地開墾史等……關於野原町的所有文獻，都一網打盡。

「我覺得非常棒，要不是有這個機會，平常很難去瞭解當地歷史。」我心不在焉地回答。「不過，我更想知道……」我迎視槙乃問：「爺和『金曜堂』有關嗎？」

「耶？耶什麼耶？」

槙乃一陣納悶。糟糕，因外表像乾枯的老管家而獲封「爺」的稱號，似乎只有網路鄉民知道，我急忙推推眼鏡。

「不，呃，我換個說法，不是有個議員叫大谷正矩嗎？」

「你是指內閣官房長官（註二）嗎？」

「對對，日本政治家很少有像他這種古樸的類型……」

我說到一半打住，只見槙乃繃起粉頰，噘起豐潤的小嘴。

「抱歉，我不想聊這個人。」

槙乃明白地拒絕我，害我的舌頭打結。

「啊，對不起……」

比起疑問，我更加感到失魂落魄。說起來，之前就聽人家提醒過，不要在職場閒聊中涉及政治和宗教，否則容易讓不好不壞的關係出現裂痕。好巧不巧，偏偏得罪槙乃，我到底在幹麼？簡直失敗透頂。

自動門在我落寞的視線前方打開，留著刺眼金髮小平頭的男人大步進來，穿著在這年頭只顯得滑稽的休閒西裝。他是老闆和久，內凹且閃著凶光的小眼睛，讓人不禁忽略他的

註一：明治天皇在位時期，從一八六八年十月二十三日至一九一二年七月三十日結束。

註二：即日本政府官房最高首長。內閣官房則為輔佐內閣總理大臣的行政機關。

身高。只見他散發出威嚇感，掃視著店面。

「老闆跑完業務回來嘍！有沒有發生什麼事？南，妳又在弄新的書展？這是怎樣？全是知識類的書，野原高中的學生會喜歡嗎？」

我從來不曾像今天這樣感激和久的機關槍快嘴。果然，槙乃恢復平時的好聲好氣。

「這是鄉土史書展。喏，野原高中的高一學生，暑假作業不是要調查鄉土歷史嗎？」

「咦，我們那時有嗎？我不記得了。」

「阿靖，你只是沒寫作業，所以沒印象。」

槙乃嘆氣，和久「嘎哈哈」地一笑置之，走向茶點區。吧檯前的高腳椅是和久的老位子。

我收拾心情，準備返回結帳櫃檯，就在此刻，店裡傳來分岔的尖叫。

「河童！」

我和槙乃互望一眼，視線一同轉向茶點區。方才與栖川交談的上班族，正與和久大眼瞪小眼。上班族男子脫下西裝外套，站在椅子旁邊指著和久，嘴巴大張。和久氣到臉色慘白，已不是「臉紅脖子粗」或「臉色發青」能形容。

「河童！河童！我看見的河童就是這張臉。」

上班族男子相當興奮，扁塌的頭髮左右晃動，多次指著和久嚷嚷。

「你說誰是河童！啊？揍你喔，老頭！」

槙乃小跑步過去，擋在激動的兩人之間。現在正巧沒有其他顧客，我也露出愛湊熱鬧的本性圍上去。

「怎麼回事？」槙乃發問的對象不是上班族男子也不是和久，而是栖川。聰明的判斷。只是，栖川冷靜歸冷靜，但不擅長快速解釋，最後上班族男子兀自興奮地說：

「哎，我剛剛才跟這位店員小哥聊到。從前——由於是我的童年，所以距今快五十年了吧？我來這個鎮上找表兄弟玩，在奈奈實川看見河童。小哥，你說對吧？」

上班族向栖川尋求贊同，栖川邊擦拭酒杯邊點了兩次頭，面向我簡短說明：

「流經野原町的奈奈實川在三十年前填平，現在是國道。」

「附帶一提，查看五十年前的町內地圖，奈奈實川大概是這樣。」

不知何時，槙乃從準備做鄉土史書展的書堆裡拿來古地圖，並且攤開。的確，國道的位置畫著一條河，而且是超乎想像的大河。和久常去的國道旁的柏青哥店，這個年代還在河裡。

我望著白色區塊壓倒性居多的地圖，忍不住說：

「唔，當年的野原町，簡直是空無一物。」

雖然勉強找得到車站與野原高中的標示，卻沒有公車圓環，也沒有圓環邊的商圈與內陸遼闊的住宅區，放眼望去只有稻田、山和農園。

上班族男子插嘴：

「沒錯、沒錯，充滿自然景色，就像《風之谷》——」

「不對吧？如果要用宮崎駿的動畫來比喻，野原町比較接近《龍貓》。」

上班族男子絲毫不受和久的吐槽影響，逕自拍手說：

「啊，當時是村，『野原村』嘛。」

「嗯……也就是說，你小時候來還是小小村落的野原町玩，在現今已填平的河川看見河童？當時的河童長得很像和久，對嗎？」

我整理話題，推著鏡架注視和久。

「欸，小少爺工讀生！你剛剛看著我笑了，對不對？」

「沒有。」

「笑了，你絕對笑了！想騙我啊！」

無端受到波及，我狼狽地躲到槙乃的身後。不過，我承認自己微微露出怪笑，沒辦法啊！像和久的河童——這畫面實在太有趣。

上班族男子看著我與和久鬥嘴，似乎冷靜了一些，捲起白襯衫的袖子彎下腰，露出髮量稀疏的頭頂。

「抱歉，剛才是我失言。我對野原町的印象就是河童，不小心……」

「所以我才說你沒禮貌。」

和久撇過頭，總算在高腳椅坐定。上班族男子將名片置於吧檯，推向和久。

「今天認識您也算有緣，還請大人不記小人過。」

男子露出憨傻的笑容，看似無奈，教人無法生氣。

「你長得才像妖怪，憑什麼說我？」和久嘴上不饒人，一面捏起名片，到吧檯的懷舊吊燈下查看。

「ASCENT股份有限公司，業務二部課長，藪北勝。完全看不懂，這是什麼公司？」

「我們主要生產辦公機材與工業機器。」

「製作削鉛筆機之類？」

「呃，嗯，差不多。」

和久胡亂將公司分類，藪北沒生氣，原因是……

「不過，我快要被裁員了，這張名片不知能用到什麼時候。」

藪北搔頭傻笑，和久瞪向他。

「有什麼好笑的？」

「咦，畢竟只能傻笑了啊。」

「家人呢？」

「……我和太太育有兩個女兒，一個讀高中，一個讀國中。」

「虧你還笑得出來？你是遇到河童，尻子玉（註一）被拔走了嗎？」

「尻子玉？啊，相傳被河童拔走尻子玉會變成窩囊廢？」藪北再次傻笑，「窩囊廢，完全就是我。」見和久似乎快氣炸，他才趕緊收斂神色：「對了，書……我、我想請你們幫忙找書。」

他的話題轉得很硬，怎麼聽都像藉口，但槇乃立刻神采奕奕。

「我來找、我來找，請問是哪本書？」

「嗯，我也說不上來……眞抱歉，有沒有關於河童的小說——」

「又是河童！」和久大吼，槇乃不以爲意，手指卷著頭髮。

「只限定河童嗎？還是妖怪類都可以？」

「差不多就行，我對妖怪、神祕生物（註二）和幽靈都頗感興趣。」

藪北環視店面，用力點頭。

「聽說『金曜堂』能替人找到想看的書，我十分期待。」

「啊！」

我不小心叫得太大聲，眾人同時望向我。

「呃，不，抱歉，我突然想起別的事。」

「搞什麼，別嚇人！明明只是個小少爺工讀生！」

和久像PK沒進球的足球選手，誇張地看著天花板嘆氣。

「對不起。」我低頭道歉，偷看藪北。我很訝異這個面臨中年裁員危機、似乎跟不上時代腳步的大叔，居然知道每天瞬息萬變的廣大網路世界中，主要論壇流傳的「金曜堂」傳說。他是從哪裡得知？或者，我不該以貌取人，他其實是重度鄉民？也可能是聽女兒說的？總之，我很意外。

槙乃忽視我的情緒波動，大大的眼珠骨溜轉動，豎起大拇指。

註一：藏在人類肛門內的虛構器官，呈球狀，類似寶玉。相傳河童喜愛蒐集尻子玉。

註二：原文簡稱UMA（Unidentified Mysterious Animal），如尼斯湖水怪、大腳怪等。

「我去地下書庫瞧瞧。」

「咦，地下？」

藪北望向腳邊，槇乃撥了撥波浪長髮，點頭說：

「請稍等。」

槇乃回來時，拿著梨木香步的《家守綺譚》（註一）最先推出的單行本。「文庫版還有庫存，但我刻意選封面有漂亮書法字的單行本。」她如此說明。從版權頁可發現書籍已出版十年以上，單行本卻保存得光亮如新。多年來，想必就這樣靜靜躺在書櫃，等待有緣人前來閱讀吧。

藪北接過書，先是注意封面，接著翻開目錄，看到羅列的植物名稱，不禁微笑。他快速翻動頁面，手指輕輕滑過版權頁，闔上書本，最後讀出書腰背面的文字：

「四季流轉的天地自然之『氣』，日漸被文明洪流淹沒的新人精神勞動者的『我』，和擁有庭院、池塘及電燈的雙層古宅，悠然自得的交歡紀錄。哦，感覺眞有意思。」

槇乃輕輕彎下腰，指著正面書腰說：

「這是距今不過短短百年的物語。上面雖然這樣寫，但我認爲藪北先生可當成現代的故事讀。」

藪北瞬間換上正經的表情，隨即恢復曖昧不明的傻笑。

「太好了，我還擔心要是拿來《MU》雜誌（註二）或水木茂的漫畫、京極夏彥的小說該怎麼辦。我家買很多，都快翻爛了。」

儘管讀書有特定偏好，但我很意外藪北保持日常閱讀的習慣。

那天，藪北最後買了《家守綺譚》回家。

「確定有河童吧？」臨走前他還不忘確認。

藪北搭的回程電車駛出月台後，「金曜堂」的全體員工同時吐出一口氣。

「唉，累死了、累死了。那傢伙是不是某種妖怪？應付他眞的會心力交瘁。居然說我是河童！」

和久想了想，又發起脾氣，試圖拉栖川加入抱怨大會，但栖川似乎陷入沉默，愛理不

註一：梨木香步為擅長兒童文學、鄉野奇談、和風幻想領域的日本小說家、散文家，代表作《家守綺譚》曾推出中譯本，獲二〇〇九年開卷好書獎。封面設計一樣有毛筆字，但為重新題字。

註二：由學研Plus發行的超自然情報雜誌。

理。

「還有，什麼叫『看見河童』？他是不是睡昏頭？應該是看錯狗和貓了吧？」

「阿靖，狗和貓不會用兩條腿走路。」

槙乃指正，和久氣得咬牙。

「那、那……是那個啦！一定是把臉色發綠的小孩看成河童……」

「難道是把阿靖看成河童？」

「少來！那老頭是小時候看到的，我根本還沒出生！南，我們不是同學嗎？」

「對不起。」槙乃合掌低頭，眞搞不懂她究竟是敏銳還是遲鈍。槙乃觀察著和久的神色，柔聲說：「可是……」

「我相信他是眞的看見河童，畢竟還有其他人在奈奈實川看過河童。」

「是鄉土史料上面寫的嗎？」

我急著發問，槙乃豎起食指抵向豐潤的唇邊，搖了搖頭。

「不，我是親耳聽到。」

「誰說的？」

我與和久同聲問，不過恰巧有顧客進來，我們就此結束河童的話題。

❀

由於發生這段插曲，隔週我去探望爸爸時，選了有河童登場的童書給同父異母的雙胞胎妹妹當伴手禮。

書名叫《河童褪下的皮》（註），我一看就很喜歡。美中不足的是，印刷字級對三歲幼兒來說太小，故事也稍嫌冗長，此外，小朋友可能不懂「褪皮」。不過，相信由我來念，應該能表現出故事的趣味，讓她們聽得津津有味。果然，河童與人類男孩源太之間的滑稽互動，逗得雙胞胎妹妹哈哈大笑。源太穿上河童褪下的皮，跑到河邊想當河童、滑下河岸的部分，妹妹們聽得嚮往不已，直到最後都專注地聆聽。

大醫院的單人病房非常寬敞，還附高級沙發和電視。爸爸、我、繼母沙織，與同父異母的雙胞胎妹妹等略微複雜的家人在此齊聚一堂，如同置身廣尾的老家，放鬆閒聊，溫暖的笑聲不絕於耳——我很想這麼說，但無論再豪華，都改變不了這裡是醫院的事實。既沒

註：日本童書作家、譯者中川千尋，於二〇〇〇年出版的繪本。

有老家的大書櫃，當然也嚴禁帶酒。爸爸無法長時間起身，親子團圓時間不免被來測量體溫等的護士打斷。

「爸爸要快快康復回家喔。」

與父親年齡相差將近二十五歲的沙織撒嬌，這是她卯足全力的逞強。聽說沙織時常獨自掉淚，也曾坦言她的寂寞與不安。儘管如此，仍尊重爸爸與我的想法，讓我從今年春天展開獨居。雖然沒有血緣關係，可是，沙織毫無疑問是我的媽媽。我一直不知何安慰她，只能在心中默禱（是眞的）。

——眞希望爸爸早點康復回家，繼續回到職場上班。

爸爸躺在床上咳喘，彷彿殘存所有生命力的炯炯雙眼看著我。

「『金曜堂』似乎是一家氣氛愉快的書店。」

「嗯，很愉快。只是有時候太閒，難免會擔心。」

「悠閒是那家店的資產，南店長應該懂得運用這份資產。」

「是嗎？」我聽得懵懵懂懂，不過很替受到爸爸稱讚的槇乃高興。爸爸的微笑，宛如看透一切。

「眞想見識一下夢幻的地下月台巨型書庫。」

「等你病好了，來看看吧。相信南店長樂意開放給其他同行參觀，她甚至會帶客人去倉庫。」

「哇！」爸爸睜大眼睛發出讚嘆。「顧客在那裡能找到『想看的書』，開心地回家嗎？」

「偶爾會找不到。不過，每當這時候，南店長總能挑出顧客想看的其他書。」

爸爸的雙眼綻放光彩，那是他仍健康工作時常駐的眼神。

「換句話說，南店長能向淹沒於汪洋書海的客人拋出救生圈。」

語畢，爸爸猛烈咳嗽，沙織急忙衝到床邊爲他拍背。我怕擋到沙織，正想退到旁邊，爸爸用力抓住我的手。

「史彌，你遇到好書店。要好好向南店長學習。」

我理解爸爸複雜的心情，頓時五味雜陳。爸爸敏銳察覺，放開我的手，旋即恢復沉穩、半開玩笑的語氣：

「不過，提到好書店，『知海書房』也不落人後。」

「知海書房」是創業逾百年的老字號大型書店，由我的曾祖父起家，爲倉井家代代相傳的家業。第三代社長爸爸運用厲害的經營策略，將原先位於神保町老書街的小書店一舉擴展爲全國連鎖書店。如今他病魔纏身，退下熱愛的職場住院療養。

當然，爸爸以復職爲目標，努力治療，但近來時常——尤其是身體某處劇烈疼痛時，就會對第四代寄予厚望。他在三次婚姻關係中，一共擁有四個孩子，當中率先浮現的繼承人選，自然是我這唯一的兒子。說來無奈，但這不是隨隨便便就能上手的工作。關於這個話題，今天我是能閃則閃。

爸爸見我不開口、摸著鏡腳，不再多說什麼，拿起手邊的遙控器打開電視機。

午間新聞播報著在國會議事堂接受質詢的男子，一頭堪稱銀髮的白髮向後梳攏，側臉俊挺，身材瘦削，背部挺得直直的，西裝合身筆挺，感覺很適合穿燕尾服。年紀雖大，卻不顯老態，反倒散發一種熟齡男子的魅力，想必十分受年輕女孩歡迎。

「是爺……」

爸爸似乎沒聽見我的呢喃，重重嘆氣。

「大谷正矩處境相當艱難啊。」

「嗯，怎麼說？」

「什麼？你不知道嗎？」

沙織說「你看」，遞來一本週刊雜誌，上面印著斗大的聳動標題：「官房長官貪污疑雲！」

記者質疑，現任內閣官房長官與大型建築承包商之間有收授現金的嫌疑，儘管尚未掌握確切證據，但已足以動搖飽受質疑的國會，煽動對政局不滿的社會大眾。

「大谷議員是慢慢從町議會議員、縣議會議員、眾議院議員入閣爲外務副大臣，最後當上官房長官的耕耘型政治家。」

「可是，無風不起浪。」

沙織嚴厲提醒爸爸。她的想法比較接近大眾輿論。

「也是啦。」爸爸恢復穩健點點頭，轉向我說：「對了，大谷議員不就是從史彌現在住的地方出來選的嗎？」

「咦？」

我的腦中閃過網路論壇上三則帶著惡意的留言。沙織馬上滑起智慧型手機，天眞地大喊：「眞的耶。」

「大谷正矩最初是當上野原町的町議會議員，主要政績是在只有農田的野原町建設國道。你看，維基百科上寫的。」

就是塡平奈奈實川的國道啊。想不到野原町與大谷議員有此淵源，我產生不好的預感。

「我不是住在野原町，野原町是在……我打工的『金曜堂』。」

我的語尾顫抖，幸好爸爸和沙織沒發現。大谷議員的醜聞適時分散他們對於重大疾病的注意力，兩人得以繼續抱持輕鬆的心情看電視。

從東京的醫院回來後，我直接去打工。

雨自上週起不停地下，但沒颳大風，所以是「淅瀝淅瀝」靜靜地下。根據氣象預報，菲律賓外海的颱風五號朝東轉向，正逐漸接近日本。

我買了盒裝餅乾，送給吧檯裡的栖川。他默默以虹吸式咖啡壺為我煮咖啡。

書店店員趁著沒客人時輪流喝咖啡小憩，不一會，茶點區的自動門開啟。來者是藪北。他服貼的頭髮因濕氣稍微蓬起，水從濕雨傘的尖端滴答落下。書店最怕下雨天商品淋濕，因此入口備有傘桶，藪北似乎沒看到。

「南店長，《家守綺譚》眞有趣，我一鼓作氣看完了。」

藪北大聲吆喝，東張西望，約莫是在找槙乃。槙乃從書櫃陰影處探出頭，笑咪咪地揮手。

「太好了。藪北先生，請過來。」

「哦，什麼事？」

趁藪北疑惑地走向店面時，我順勢接過滴水的雨傘，放入傘桶，然後跟上他的腳步。

槙乃想讓他瞧瞧，從上週開始布置的野原町鄉土史書展。她花了將近一週選書、從錯誤中慢慢調整平台至最好的位置，親自寫下熱情的介紹文宣，再經由栖川的藝術巧手完成手寫立牌，整體布置已接近完成。

「哦，這不是《家守綺譚》嗎？」

藪北找到疊在平台一角的文庫本，發出驚奇的歡呼。槙乃向他敬禮。

「是的，多虧你才靈光一閃——曾有人在野原町的奈奈實川目擊過河童，我才想到『沒錯，來做河童展吧』。」

「喂喂喂，說的好像JR東海的廣告詞『沒錯，去京都吧』。」

和久在吧檯讀文庫本，忍不住調侃。槙乃不受影響，手交握在身後，笑盈盈地聳肩。

「我想表達的是，我們現在看到的風景只是一小部分。過去很長一段時間，人類曾在現已消失的大河中奮力游泳。學習鄉土歷史的快樂，不正是就近感受生長的小鎮嗎？於是，我發現這本書是很棒的指引。」

「指引？」

「對，小說裡雖然查不到學生需要的鄉土資料，但我認爲只要讀過一點，就會產生想積極調查鄉土史的動力。這本書是當學生迷失課題方向時的一盞明燈，畢竟內容是距今不過短短百年前發生的故事。」

槙乃抿嘴，唇角輕揚，伸掌展示與野原町地圖、當地有志之士發行的鄉鎮誌、區公所統整的民間故事及民俗手冊平鋪在一起的《家守綺譚》書塔。

「希望同學們不要只把鄉土史研究當成麻煩的作業，交差了事。」

「原來如此，店長的選書，別有一番苦心。」

藪北露出憨笑拍手稱讚，聽來也有那麼點像在挖苦。槙乃並不放在心上，食指卷繞把玩著波浪髮絲。

「不，這純粹是一種自我反省。」

我想像了一下趕暑假作業的女高中生槙乃，不禁莞爾。這時，她話鋒一轉：

「對了，倉井，我想麻煩你做個調查。」

「咦，調查？什麼調查？哪一類呢？」

「野原高中的放學時間快到了，請你悄悄站在這裡，觀察學生對鄉土史書區的反應。」

「好的。」我馬上答應，槇乃挺胸說道：

「如果反應不錯，今天打烊後就能加上手寫立牌，完成布置。」

「要是沒反應呢？」

我反射性地問完，立刻後悔。槇乃垂下眉毛，顯得非常難過。

「啊，不不不，不可能沒反應。」

「要是沒反應，我會砍掉重練。」

「即使花了這麼多時間準備嗎？」

藪北插嘴問。槇乃點頭，卷翹的睫毛輕顫。

「是的，工作不能止於自我滿足。」

她的語氣跟平時一樣和藹，這句話卻給了我迎頭重擊。藪北在旁邊看見我呼氣，稍微換上正經的臉孔。

只有槇乃笑容不減，拿起文庫版的《家守綺譚》。

「河童的故事怎麼樣？」

藪北放鬆表情，露出傻笑。

「裡面好幾篇故事提到河童，但我最喜歡〈魚腥草〉，就是河童女孩褪下的皮囊被晒乾的故事。」

「褪下的皮囊？我今天才讀了《河童褪下的皮》這本書。」

「那本童書很有趣。」槙乃頷首，「不過，《家守綺譚》裡的河童皮，其實應該叫河童衣（註一）。」她說著，翻開文庫本。「不像布也不像皮，是暗綠與深褐交雜的土色，而且閃著黏滑的光澤。書裡是這麼描述。」

「沒錯、沒錯，主角還拿棍子從池塘裡勾出來。」

藪北大力點頭，槙乃開心地繼續道：

「拉過來攤開一瞧，土色呈半透明，在微風中輕柔搖曳，形似筒袖（註二）上衣緊緊黏著四角褲……梨木的文筆眞的很優美，節奏感極佳，恰到好處地描述狀況，文字富有色彩。」

回想起來，《河童褪下的皮》中描述的河童皮，類似綠色潛水服，十分逗趣，但槙乃朗讀的文句描繪的河童皮則帶有泥土味，籠罩著哀愁，別有一番魅力。最驚艷的莫過於光聽朗讀，腦中便浮出那件河童衣。這就是槙乃形容的「文字富有色彩」吧。

「脫下河童衣的河童女孩，看來就像人類少女，對吧？我對這段印象特別深，會忍不住猜測，說不定我遇到的河童也脫下河童衣，外表變得和人類一樣，現今仍住在小鎮裡。」

藪北說完，我們三人同時望向吧檯。

吧檯前的和久敏銳地察覺視線，以金髮小平頭都要豎起的氣勢反瞪。

「喂，我不是河童！」

這時書區的自動門打開，野原高中的學生走進來。放學時間到了，「回家社」的同學們率先離校。槙乃飛奔進結帳櫃檯，藪北移動至吧檯，留下我遵照槙乃的吩咐，邊整理書櫃邊觀察野原高中學生的反應，暗暗祈禱他們會留意到鄉土史書展。

那段時間，全體店員注意力幾乎都放在高中生的身上，因此沒人察覺一名穿灰色防水大衣的女子混在制服集團中悄悄進來，就算看到了，可能也只當成一般的客人。

然而，她並非書店的顧客。

女子無視野原高中學生聚集的書區，徑直走向茶點區。

註一：在《家守綺譚》的設定裡，「河童褪皮」是以訛傳訛的說法，其實那是河童脫下的外衣，而非不要的皮囊，若是人類隨意取走，河童會無法返家。

註二：指無袖襬的和服。

就在栖川瞇細藍眸的同時，傳來清亮的一聲：「不好意思。」

女子攀談的對象不是栖川，不是占據吧檯的栖川高中生女粉絲，也不是被擠到座位邊緣卻喜形於色喝咖啡的藪北，而是將高腳椅讓給女高中生、移動到桌位的和久。

「幹什麼？」和久一如既往，凶神惡煞似地吊起雙眼。女子無所畏懼，也不脫下濕漉漉凝結雨滴的防水大衣，直接問道：

「和久靖幸先生在嗎？」

「妳是……？」

「我是《Wind週刊》的記者松元令佳，想請教大谷正矩議員與和久興業之間的關係。」

「關係？我哪知。」

女記者遞出名片，手中還握著錄音筆。和久大翻白眼，抬高下巴，整張臉凶狠得不得了，嚇哭孩子絕不奇怪。然而，對方卻嗤之以鼻。

「既然如此，可否請和久伊藏出來和我談談？」

「我爺爺？」

「是呀，聽說您的祖父和久伊藏隱居多年，我找遍整座城鎮都沒消息，真怕再徘徊下去會有人身安危，乾脆來孫子的店裡瞧瞧。」

「人身安危？什麼意思？」

「就是字面上的意思。畢竟這座小鎮到處都有可怕的流氓——噢，抱歉，是名叫和久興業的公司行號的上班族在監視嘛？」

女記者故意歪頭裝可愛傻笑，挑釁意味濃厚。她恐怕仗著自己是女性，看準不會挨揍。若是對方出手，還能抓到把柄。不管是哪一種，都不懷好意。

我只能緊張地看著事態發展，這時，槇乃走向茶點區。

「很抱歉，」槇乃語氣平穩，卻散發強大的威嚴：「請妳出去。」

她開門見山地下逐客令，而且沒給理由。

我以爲她會接著說出固定台詞「您這樣會給其他客人造成困擾」，這麼想的人應該不單是我，女記者愣愣眨了三次眼。

「呃，妳說什麼？叫我『出去』嗎？」

「是的，眞抱歉。」槇乃彎腰賠罪，悶聲繼續道：「可是……請您現在立刻出去。」

坐在吧檯的女高中學生尷尬地縮起身體。連在書櫃前的我都聽得一清二楚，想必在挑選書籍的野原高中學生不可能沒聽見。最後，店裡所有人全將目光投向槇乃、和久與女記者。

表面塗有防水層的大衣輕晃，女記者抬高瘦削的肩膀，氣得滿臉通紅。

「妳這樣是不是有點沒禮貌？」

「毀謗名聲、妨礙營業，失禮的是妳。」

悅耳的嗓音堅定反駁女記者的尖聲指控。只在關鍵時刻開金口的栖川一說話，高中生立刻發出興奮的尖叫。

這下連女記者也自知情勢不利，但她依舊不肯退讓，視線掃過槙乃和栖川的胸前名牌。

「南槙乃小姐、栖川鐵先生，兩位發誓效忠老闆嗎？或者，是受到威脅——」

匡噹！店內忽然傳來巨響。

和久踢了沙發一腳站起，衝上前想揪住女記者。槙乃從正面攔住他，卻不敵他砲彈般的威力而被彈開，倒在地上。

「沒事吧？老闆是流氓眞可怕。」

「阿靖才不是流氓。」

槙乃趴在地上低訴。

和久在旁邊蹲下，啞聲制止她：「南，算了。」但槙乃不斷搖頭，堅毅地抬起臉。

「請回吧，妳沒資格玷污『金曜堂』。」

槙乃斷然送客，雖然還無法起身，但我知道她將嬌小的背影化為盾牌，卯足全力守護客人、和久、栖川與我。

至今無聲無息的藪北走到女記者面前，奪走錄音筆。女記者首度浮現焦急的神色。

「喂，你做什麼！你也是店員嗎？」

「我只是客人。抱歉，客人擅自按下刪除鍵。」

藪北露出憨傻的笑容，恭恭敬敬地將錄音筆還給女記者。

女記者把錄音筆塞進防水大衣口袋，烙下一句狠話「我全記住了」，總算離開。

在和久與栖川一左一右的攙扶下，槙乃站起，向藪北低頭致意。

「藪北先生，謝謝。」

接著，她環視店內的野原高中學生，再次鞠躬。

「抱歉，驚擾各位，給你們添麻煩了。」

無人應答，高中生明顯不知所措。去程和回程的電車進站廣播響起，緩和緊張的氣氛，學生們爭先恐後地離店，我則以呆滯的「謝謝光臨」目送他們。直到書店空下來，我才驚覺完全忘記觀察野原高中學生對鄉土史書展的反應。

占據茶點區吧檯的女高中生也急忙跳下高腳椅，同一時間，和久拾起當中某人遺落的毛巾。

「喂，東西掉了……」

女高中生回頭，表情非常僵硬，尖聲說「對不起」，明顯在害怕。

少女使勁扯走和久手中的毛巾，拔腿衝出店門。槇乃咬唇看著她們，和久在一旁大聲嘆氣。

「南、栖川，還有倉井，實在不好意思……」

和久駝著背，身形更顯嬌小。槇乃以手背將微帶波浪的頭髮用力往後一撥。

「阿靖，不用道歉。你沒有做錯任何事。」

栖川也在吧檯內連連點頭。

和久端詳槇乃和栖川的神情後，注視著獨自站在外圍的我，內凹的眼眸看來比平時更小，卻無比晶亮。雖然這麼形容有點老套，但我有種錯覺，彷彿有隻被丟棄在瓦楞紙箱裡的小狗狗抬頭張望。

當時，我若能當個天真傻氣的小少爺工讀生，回應和久的注視，給他一個微笑就好了。只是用開朗又脫線的語氣說「天啊，嚇死我」也好，我眞的這麼想。如果是在網路社群，我一定能若無其事地半開玩笑，緩和氣氛。

但我身處考驗即時反應的現實世界，當下能做的只有別開眼、低下頭。我沒堅強到能正面回應，並化解尷尬。我的表情想必和那些女高中生一樣，寫滿恐懼和困惑。槙乃如此挺身而出，我卻沒勇氣徹底相信和久的爲人。也可以說，要成爲「金曜堂」書店的夥伴，我的覺悟仍不夠吧。

和久臉色一沉，搔了搔金色小平頭，垮下肩膀呢喃：「傷腦筋。」

我不敢跟槙乃和栖川對上眼，只能推著鏡架低頭，反覆小聲道歉：「對不起、對不起。」

「欸，你幹麼道歉！所以我才說小少爺工讀生不行。」和久硬是打起精神，不給人回嘴的時間，刻意拍手說：「對了，今天要帶兔子去看醫生。不好意思，我先走嘍。」

「阿靖，等一下。」

槙乃想追上去，和久卻厲聲打斷她：「拜託，別提了。」他背對眾人，低聲道：「世上有人生下來就是一場錯誤，如同《漫長的告別》裡的泰瑞．藍諾士，不管看過幾次地圖，最後都會走向暗路。可是，他們不會因自己走偏就認爲別人也可以走偏，不會貪心到不惜牽連接納自己的朋友，也要走在陽光下。」

我無從回應，驀地想起，和久曾說《漫長的告別》裡馬羅的最終抉擇「太嚴厲」。

——沒必要在最後關頭要狠吧？人都會犯錯，有時難免被迫走暗路，既然是朋友，不是應該多體諒嗎？

如今我終於明白，和久那番話不是出自馬羅的視角，而是從泰瑞的立場說的。

全員無法動彈、說不出話，和久踏著比平常小的步伐離開店門。

那天夜裡下起大雨。

✿

星期四，不知幸或不幸，我沒排班。大學有課，但我沒去。

我一整天窩在租屋處上網，一步都沒踏出家門，只因我忍不住想搜尋推特或匿名留言板有沒有相關貼文。

昨天許多野原高中學生目睹「金曜堂」發生的騷動，我擔心會順勢成爲網路社群的八卦話題，幸好一切只是八卦成性的我杞人憂天。不管怎麼找——儘管我的搜尋能力有限，網路上連點蛛絲馬跡都沒有。學生總數逾三千人的猛瑪校，居然沒有任何一名學生基於好玩的心態出賣「金曜堂」。

我在鬆口氣的同時莫名一陣空虛，想罵自己到底在幹麼？還沒開始在「金曜堂」打工之前，上網打混一整天明明是十分普通的消遣，如今卻顯得極度空虛。

追本溯源，這份空虛應該來自於我已察覺到，現下需要的不是一個勁關心網路陌生人的八卦，而是應該設法修復身邊觸手可及之人的關係。我非常後悔，沒即時面對和久。挨罵也好，挨揍也罷，我想再次融入「金曜堂」的夥伴打造的平實、溫暖的環境。

煩惱到星期五，我被雨聲吵醒。才凌晨四點，我卻因昨天太早睡，醒來後睡意全消。我點亮燈、戴上眼鏡，以免受負面情緒影響，導致心情低落，接著在床上讀起早先買的文庫版《家守綺譚》。由可稱爲極短篇的一個個小故事組成，讀來很輕鬆，不小心就一頁接著一頁翻下去。等到我準備去早上第二節課時，全身都沁染小說裡滿溢自然氣息的明治氛圍，總覺得河童或人魚之類，眞的隱藏在雨聲的另一頭。

出門之際，電視新聞節目不斷跳出「颱風」快訊。聽說颱風五號從九州登陸，以極快的速度直線通過本州。

換成以前，我一定毫不猶豫自動放假，但我今天牢牢套上橡膠雨衣和雨鞋，慢慢拖著腳步去學校。我想仿效《家守綺譚》，前往竈門校區接觸大自然的氣息，看看這麼做能否紓解我的坐立難安。

然而，我不僅沒放鬆心情，還淋成落湯雞，身體難受得不得了。不過，至少我好好上了課，結束後直接去打工。

我懷著沉重的心情趴在店面的玻璃牆上，偷偷觀察賣場。和久不在，我的胃隱隱發疼。

「早安。」我的聲音小得像蚊鳴，完全不敢和槙乃、栖川對上眼，徑直走向倉儲室。我深深傷害他們的同事、從野原高中同好會「星期五讀書會」時期交往至今的老同學。和久不僅僅是同事、夥伴，還是他們重要的朋友，我卻漠視如小狗般上前求助的他。不，我逃避了。膽小如我，以後該用什麼臉孔在「金曜堂」繼續工作？

我重重嘆氣，推開倉儲室的門，冷不防「哇」地大叫。只見堆積如山的紙箱擠滿狹窄的空間。

「對不起，昨天進貨量大，來不及拆箱。」

後方咫尺傳來槙乃的話聲，氣息近到可觸及我。同時，還聞到淡淡甜香，我彷彿被雷劈中，僵在原地。槙乃的突然出現雖然嚇到我，但另一方面，我心裡也清楚爲什麼會演變成這種狀況。

儘管和久平常不是坐在吧檯看文庫本，就是（自稱）外出跑業務，不過他是晨間拆箱作業最大的功臣，是「金曜堂」不可或缺的人手。槙乃、栖川、和久，三者缺一不可，不然我喜愛的書店就會走樣。

「……和久呢？」

「從昨天開始排休。」槙乃以極爲普通的口吻回應，從旁邊走進來，輕盈轉身拍手說：「總之，我們採取平台先鋪幾本，賣光隨時補充的策略。倉井，幫忙留意平台剩餘的本數，這樣就好辦多了。」

「好的。」

「抱歉，小小的倉儲室變得這麼擠，打烊後我會整理。」

「我來幫忙。」

「嗯。」槙乃點頭，垂下眉毛輕笑：「還好有你在。」

不妙，我感到鼻腔深處發酸，槙乃的笑容實在太善解人意。

「呃，我、我應該向和久……」

我該怎麼道歉才好？道歉會不會適得其反？腦袋裡亂成一團，各種思緒交織打轉。槙乃不以爲意，背對我窸窸窣窣地從紙箱裡翻出雜誌，接著倏然壓低音量，佯裝出粗魯地喊道：

「『不准叫我的名字，懂不懂啊！』」

「什麼？」

「高中第一次見到阿靖時，他這樣對我說。」

槇乃轉過頭，露出惡作劇般的笑臉，用力吸氣、蹙緊雙眉，吊起眼珠又重複一次：

「不准叫我的名字，懂不懂啊！」原來她想模仿和久，一點也不像，簡直不像到失禮的地步，要是本人在場肯定會挨罵。

我趕緊伸出中指推推眼鏡，遮住發笑的臉部肌肉。

槇乃用著唱歌般的隨興，道出沉重的眞相：

「我認爲，他是不想被叫『和久』這個姓。」

我不知該如何接話，呆愣半晌。槇乃抱起幾本雜誌，縮起下巴。

「在野原町提到『和久』，任誰都會想到和久興業。當地人馬上知道他們家是做什麼的。」

「原來是這樣……」

「可是，和久靖幸只是來參加『星期五讀書會』、熱愛看書的普通高中生，也是在『金曜堂』工作、熱愛書本的普通同事，不是嗎？」

「妳說的一點也沒錯。」

我抬起頭，努力表達心情。只要和槙乃在一起，似乎就會湧現相信的勇氣。

我凝視著披散在槙乃細瘦的肩膀及脖子上，那微微帶著鬈度、看似柔軟的髮絲，不明白這個瘦弱的女孩，何以如此強大？正因不明白，至今我才裹足不前。但現在，我覺得正是這份不明白，驅使我想進一步瞭解她。

「那個，以後我叫和久『阿靖哥』好了，應該可以吧？」

「你就叫叫看呀。」槙乃將頭髮勾至耳後，語帶調侃。「某人第一次直呼『阿靖』的時候，被他臭罵：『你是什麼意思？搞得好像我才是小弟，不准叫！』可是，這個稱呼再也沒變過。」

槙乃再度模仿阿靖，演技一樣拙劣，但我沒心思笑她。我猛然察覺一點。

「難道，那個人就是『星期五讀書會』的成員——『阿迅』嗎？」

他是栖川離群索居時期交到的第一個朋友。不僅如此，還接納飽受異樣眼光苛責的阿靖為夥伴，更是槙乃……

「對。」槙乃簡短回答，臉頰泛起紅暈，長長的睫毛往下一垂，投下影子。

——是槙乃愛慕的對象。

超越五感的某種器官——大概就像談論河童、鬼怪或是幽靈一類吧？一種沒來由的肯定突然降臨，明明沒有任何證據，但我就是知道。腦袋還來不及理解，身體已知道。

一定是他偷走槙乃的心。

槙乃抱著雜誌快速穿越我身旁，前往賣場。頭髮在她的肩膀輕盈躍動，飄來甜甜的香氣，我只能緩慢套上墨綠色圍裙，感覺肩部的綁帶綁得比平常更緊。

瞭解一個人，竟會引發這麼大的痛苦。誰教我愛上她了。

——我喜歡槙乃。

我總算認清這份曖昧懵懂的心情，同時深陷在死胡同裡。

晚間七點，野原車站的站長來到書店，知會我們蝶林本線因颱風暫停行駛。每逢星期五夜晚，野原車站就會因臨時列車而提早發出末班車，加上今天早上風雨不斷增強，許多人本來就打定主意提早回家，野原高中今天也禁止社團活動，在我上班前便全校同時放學，所以單看蝶林本線，乘客並未受到太大的影響。

「請你們今天提早打烊吧，反正也不會有客人進來。」

站長人很好，下班前不忘提醒我們才離開。等店員以外的人都回去後，槇乃轉向我，臉上已不見方才的情緒波動。

「我和栖川都住在野原站附近，倉井，你家在竈門站吧？」

「對，沒有電車無法回家，今天能讓我借住『金曜堂』嗎？」

店裡的茶點區有沙發可休息，地下書庫還備有簡易床組，應該比在風雨中叫計程車回家安全舒適。

「好，你今晚就住這裡——」

槇乃頭點到一半，杏眼倏然睜大，視線投向茶點區的自動門，豐潤的粉唇呢喃：「河童……」河童？我和栖川不約而同望向自動門。

不出所料，河童來了——我很想這麼說，但並非如此。

濕答答的淡綠色雨衣發出光澤，緊緊貼著來者的身軀，狂風驟雨吹亂稀薄的頭髮，露出光禿的頭頂，背上馱著恰似龜殼的重型背包，乍看像極河童。

「藪北……先生？」

我小心翼翼地確認道，河童大叔點頭反問：「打烊了嗎？」他扁塌的頭髮已超越扁塌，完全貼在頭頂，好幾道雨水沿著髮尖滴落，流到臉上。

「沒問題，請進。茶點區或書區都可隨意坐。」

槇乃翻起掌心準備帶位，藪北卻搖搖頭。

「不，我今天來，是有事想請教各位店員。」

「什麼事？」

在吧檯內收拾碗盤的栖川冷聲詢問，藍色眼眸透出銳光。美形的人擺出正經的表情果眞魄力不凡，令人害怕。

「和久靖幸從昨天就沒返回自家公寓，你們知道他在哪裡嗎？我有重要的急事找他。」

藪北不畏栖川的目光，急切地問。槇乃收回手，直瞅著藪北。

「藪北先生，你到底是誰？」

咦，難不成槇乃你以爲藪北的眞面目是河童？如此懷疑的我，可能眞的是極度樂天派吧。

「我上網查過你給的名片，雖然找到同名的公司，卻不是你描述的營業內容，致電洽詢，他們說沒有叫藪北勝的員工。」

「南店長也會上網搜尋啊。」我不小心插話。

「咦？」槙乃納悶道：「一般都會啊。」

槙乃氣質出眾，我以爲她不與世俗同流，得知她和我一樣會上網，頓時鬆一口氣。

藪北拉開緊貼身體的淡綠色雨衣胸前的釦子，手伸進去摸索半天，撈出一張名片。

「抱歉，這才是我眞正的名片。」

「《Hot日報》記者，藪北勝。」

槙乃接過名片讀出來，語氣中帶著質疑，八成是想起前幾天那個失禮的女記者。思及此，我心情一沉。

「妳猜的沒錯，我和先前的女記者在追同一條獨家，因此調查過大谷正矩與和久興業的關係。謠傳大谷議員與和久伊藏私交甚篤，爲了釐清這點，我和那個女記者盯上和久家的孫子靖幸。我頻繁登門拜訪，藉機對書店、靖幸和你們這些同事進行各項調查。」

見槙乃與栖川快速交換眼色，藪北不禁摸摸露出的光亮頭頂。

「哎，緣分眞是奇妙，大谷議員和你們——」

「停，」槙乃旋即開口打斷藪北：「不談那件事，請先繼續說明。」

藪北注視著槙乃，表示理解。

「我以客人的身分結識你們這些店員，經過交談後，充分明白不可盡信網路傳聞。拜此所賜，我還想起好久以前在這座小鎮遇到河童。」

藪北放鬆僵硬的面頰，卸下重型背包，取出單行本。

「各位應該曉得吧？《家守綺譚》的內文首頁寫著——左起乃學士綿貫征四郎之著述。當然，書籍作者是梨木香步，但她藉主人翁綿貫擔任說書人，不帶成見及偏見，將己身的見聞記錄成文。」藪北珍愛地摸過封面，喃喃低語：「我知道，小說和新聞報導的性質完全不同，但我當初就是想和綿貫一樣，成爲一個如實寫下紀錄並傳遞出去的人，才矢志當記者。這本書讓我憶起從前。來到這座小鎮後，我想起河童、遇見你們、讀完《家守綺譚》，拾回遺忘多年的初衷，這大概是冥冥中安排好吧。」說到這裡，藪北搔搔鼻翼。

「還有，我本來不是政治線記者。長年以來，我都負責撰寫生活文化專欄，就是分享讀者明信片，介紹一些大眾可能會感興趣的新產品、書籍、電影、展覽或人物等等，這次上頭突然派我到政治線，要我去挖出獨家報導。」

「你這樣寫得出來嗎？」

「當然寫不出來，取材方式和執行方法差太多，更別提我完全沒門路。」

他幾乎是同時回答、蓋過我的聲音。接著，他並抖了抖雨衣上的水滴。

「本人和周遭的人都知道辦不到。」

「既然如此，爲什麼還給出這種命令？」

「唉，講明白點，就是裁員前的人事調度。上頭希望員工及早認清自己對公司沒用處，如果可以，盡早請辭。喏，現在不能隨便炒正式員工的魷魚嘛。」

藪北弓起背，發出嘆氣般的「嘿、嘿、嘿」三連笑。看來，他之前說有家室，即將面臨裁員，這些都是眞的。

「我也是自暴自棄啊，抱著消極的心情，想說找找看有沒有什麼獨家。啊，對了，我想挖的獨家，是能拯救和久靖幸與和久興業的報導。我想確認他們家與大谷議員之間的關係，倘若無關，我要將眞相公諸於世；倘若有關，我會好好寫出眞正的原因及關係。我相信當中潛藏著值得探究的眞相。」

「你哪來的自信？」

面對栖川尖銳的問題，藪北拍一下光禿禿的頭頂。

「是第六感。」

如果這是玩笑未免太冷，如果是認眞的也很可怕，但藪北露出憨傻的表情迴避我們的視線。

接著，始終沉默聆聽的槙乃靜靜詢問：

「你願意像《家守綺譚》裡的綿貫一樣，以澄澈的雙眼寫出報導嗎？」

藪北急忙斂起神色，輕輕頷首。隔了一段空白，槙乃說：「那麼，我們走吧。」接著，她走向結帳櫃檯。

「咦，去哪裡？」

「爲了見伊藏先生，你正在尋找阿靖吧？時機正好，他們目前在一起。」

「妳知道他們在哪裡嗎？」

我和藪北齊聲發問，槙乃似笑非笑地回答：「是啊。」

「不如說，就在這裡。」

咚一聲，她的腳踏向地面。不會吧？我望向自己的腳邊。

「他們在『金曜堂』的地下書庫嗎……？」

「什麼？地下書庫不是單純的噱頭嗎？要怎麼從天橋走到地下？」

聽見我和槙乃的對話，藪北似乎更加一頭霧水。槙乃沒多解釋，繼續邁步。她穿過結帳櫃檯，握住倉儲室的門把時，栖川有些著急地問：

「南，妳相信這個記者？」

「嗯。」

「爲什麼相信？」

「女記者來搗亂那天，藪北先生站在我們這邊。」

「說不定他是想藉此鬆懈我們的戒心，趁機利用我們。跟那傢伙一樣，是爲了自身的野心。」

背對我們的槙乃肩膀一顫，但她平靜地回頭應道：

「藪北先生和那個人不一樣。」

「妳怎能一口咬定？」

「『是第六感。』」

槙乃模仿藪北說話，甜甜一笑。

❀

拉開倉儲室地面小門的瞬間，所有光芒都消失了。

由於這裡收訊不良，我好不容易用智慧型手機查到關東一帶停電的消息。

「不過，地下本來就一片漆黑。」槙乃不慌不忙，點亮手電筒往下爬。藪北、我，以及鎖上店面、關閉電源總開關、拔下插頭的栖川，則慢一步跟上。

剛剛在店裡幾乎聽不到的風雨聲，此刻在地下通道凶猛地迴響，令人不得不強烈意識到颱風登陸。

四下昏暗，只有手電筒照亮的地方能看見東西，我們走過一段又一段的短階梯。

「一下往右，一下往左，似乎愈往下走，愈失去方向感。」藪北做著實況報導，小聲加上一句：「距離感也逐漸喪失。」我還來不及思考，轉角處突然傳來驚慌的叫聲。

「哇，剛剛有人拉我的手！」

「沒人碰你喔。倉井，對吧？」

「是啊，沒有。」

「少騙人，剛剛一定有人碰我！拜託不要嚇我。」

「你都見過河童了，還有什麼好怕的？」

「我雖然不怕河童，但沒說不怕鬼啊！」

站在旁觀者的角度，這眞是一段悠哉又無意義的爭辯。我聳聳肩，仰賴手電筒的圓形光束，小心翼翼地確認樓梯之間的段差前進。

「好，這是最後一道階梯，只要心想很快結束就會結束，一直想著不會結束就會永無止境。」

槙乃這番話又嚇得藪北開始發抖，緩慢走下細長的階梯。眾人凌亂不齊的腳步聲，奏出不規則的旋律。槙乃確認殿後的栖川也下來後，按下電燈開關——毫無反應。

「糟糕，還在停電。」

本來應該會有數十支日光燈閃爍亮起，得以一舉望見「金曜堂」壯觀的地下書庫，可惜今晚只能仰賴手電筒的光束，各別窺見一小部分。即使如此，藪北已夠驚訝了。

「咦，這該不會是……」藪北倒抽一口氣，左右搖晃手電筒。「這不是電車的月台嗎？」

「沒錯，『金曜堂』將二戰時未能實現的夢幻地下鐵的野原車站月台，進行最低限度的改良，重新化身為書籍倉庫。」

聽見槙乃的說明，藪北舉起手電筒，照亮盤亙在低矮天花板的裸露通風管、月台上成排的鋁製書櫃，及狹長的月台和沒有去向的鐵軌。

「太驚人了，簡直是奇景！資金從哪裡來？和久興業嗎？」

驚訝歸驚訝，藪北依舊敏銳。槙乃稍微猶豫，頷首回答：「是的。」藪北聽了點頭如搗蒜，陷入沉思。他收起漫不經心的表情，緊皺眉頭問：「伊藏先生和靖幸先生呢？」我跟著望向槙乃。整整兩天沒在店裡看見阿靖，難不成他躲在狹長的月台某處嗎？

「嗯，關於這一點……」槙乃中斷話語，徑直走向月台上顏色磨淡的白線外側。明知電車永遠不會進站，她的眼神中卻藏著期待。

雖然傳音度不如通道，不過地下月台也聽得見雨聲。正當我舉起手電筒，照亮雨聲傳來的方向，突然響起「咚沙」的物體掉落聲。

「南店長，妳沒事吧？」

我嚇壞了，一路衝向月台的另一端，回過神才發現跑過頭，月台已到盡頭。我來不及煞車，只能順勢跳下鐵軌，在半空中失去平衡、跌了一下後，終於用適應黑暗的雙眼看見平安著地的槙乃。

我「咚」地橫倒在鐵軌上，腰撞到枕木下方鋪的水泥，瞬間痛到不能呼吸。

「倉井，你才要小心。沒事吧？是不是絆到東西？」

槙乃用力拉我起身。我猛烈咳嗽，不停低頭道歉。當場原地跳了跳、摸摸身體檢查，幸好不疼，腰應該等一下就能恢復正常。不過，我心好痛啊，眞的好痛。

「看起來沒受傷。」

槙乃拿手電筒照向我，確認狀況後鬆一口氣，身後隱約可見不知何時從月台來到鐵軌上的藪北與栖川。

藪北和我對上眼，露出傻笑舉起手。

「噢，沒事就好。我們拿你當反面教材，安全下來嘍。」

「算你聰明……」

我深受打擊地應道。栖川忽然看向地面，肩膀細細抖動，似乎在笑我。

恢復冷靜後，我重新回望鐵軌的盡頭，發現兩側都是隧道，但我聽說路挖到一半就中斷了。

槙乃確認我能正常走路後，踩上微微向左彎曲的鐵軌。

「那裡不是沒路嗎？」

我的話聲帶著迴音。槙乃不打算停步，於是我乖乖閉嘴跟上。

❀

我們在伸手不見五指的隧道中不停走著，逐漸失去方向感，連時間感也變得怪怪的。

思緒漫無目的地奔竄，最後彷彿連自身的存在都變得模糊起來。

這時，槙乃忽然出聲：

「你們發現了嗎？天花板漸漸變高。」

「沒發現。」

我和藪北異口同聲回答。光要照亮腳邊就忙不過來，實在沒餘力留意天花板。

槙乃一沉默，周圍似乎變得更加昏暗，我急忙追問：

「地鐵隧道為什麼需要做這種設計？」

「啊，不，這條隧道是地下月台翻修成書庫時加蓋，不算地鐵設施，而是『金曜堂』專用的隧道……」

槙乃說到一半打住，手電筒照亮自己的拳頭，然後向前伸。前方傳來「啪嚓」的鈍響。

「我直說吧，是專為出資的老闆打通的隧道。」

「呃，該不會……」

藪北在我身旁歪著頭，雙手伸向前，朝黑暗跨出一步，大叫：「我就知道！」

「眼前不是開闊的空間。雖然很像黑暗無盡延伸的隧道，其實是牆壁，是刻意做成全黑的牆壁。」

我馬上將燈光打向楨乃，只見她蹲下觸摸鐵軌，按下藏在那裡的某個按鈕，隨即響起「叮鈴」的電鈴聲。

——誰找我？

從鐵軌傳來阿靖帶著雜訊的話聲。這似乎是對講機。

「是我，南。還有倉井、栖川和藪北先生。」

「阿靖哥。」我豁出去，在楨乃背後大喊：「我是倉井，呃，前幾天真的……真的很抱歉！我、我該怎麼——」

楨乃起身，拍撫馬兒般地按住我的肩膀說：「好，停——」然後，她再度蹲在鐵軌上，向著對講機說：

「別管倉井了，藪北先生想見你和伊藏先生。他要當面和你們談談，寫出真相，所以我帶他過來。」不等阿靖開口，楨乃先補充說明：「我相信他一定能幫助我們。」

——果然是媒體派來的。

我似乎聽見阿靖用力咂舌，緊接著傳來地鳴。眼前營造出暗道錯覺的黑牆朝左邊滑動，刺眼的強光射入，我忍不住後退。眼皮自動閉上，即使我想看也看不見。

「這裡是……？」藪北問道，某人回答：

「和久家的別墅。」

話聲非常沙啞，吸氣就會傳來混濁的喉音。說話的人不是阿靖。

想必藪北和我一樣，眼睛還沒適應強光，勉強擠出聲音問：

「您該不會是和久伊藏先生？」

「是啊。」

他就是阿靖的爺爺。我硬是睜開眼皮，望向聲源處。

「最近這一帶有點吵，我就躲到地下了。上頭似乎停電，不過這裡是自家發電，不受影響。」

眼睛總算適應光線，我清楚看見伊藏。率先闖入視野的，是瞪大的雙眼與茂密的鬍子。一頭長長的白髮全往後紮，連鬍子也是雪白。大概是穿暗綠色作務衣（註）緣故，看來像陶藝家或日本畫家。身高與阿靖相同，塊頭絕不算大，但背脊挺得筆直，魄力和存在感不容小覷。

除了為伊藏本身散發的氣勢震懾，他背後那片遼闊、不真實的光景，更嚇得我說不出話。

鐵路上蓋著一幢瓦片屋頂的雙層住宅。

正因房子本身很普通，蓋在這裡更顯詭譎。誰能想到不曾開通的夢幻地下鐵路，竟會通到日式住宅？

我和藪北排排站，肯定露出一樣的表情。伊藏盤起手臂，得意地挺起胸膛。

「我在出資改建『金曜堂』的書庫時順便蓋的，算是我個人的**地下避難所**吧。」

「原來是避難所……」

你有意見？伊藏雙眼一瞪，我趕緊搖搖頭。

「哼，算了，我也不欣賞避難所這個稱呼，原先的用意是在地下蓋別墅。」

「真了不起，光是知道野原町曾有地下鐵路就夠驚訝了，想不到……鐵軌上還蓋起**別墅**。」

藪北的語氣難掩興奮，抬頭望著瓦片屋頂。伊藏露出銳利的目光，恐嚇道：「這個不准寫。」

「我第一次讓大和北旅客鐵路的高層和『金曜堂』以外的人知道這件事，還是個記

註：日式工作服。

者，完全超出我的本意。你出去後立刻忘記，明白嗎？」

藪北傻笑帶過，指著玄關的格子門問：「方便進去坐坐嗎？」

外觀是普通日式民宅，屋內也相當普通，詭異的只有地點。

我們進屋後，在高起的地板邊緣脫鞋，穩穩踩著發出嘰嘎聲的木頭地板，穿過短短的走廊。藪北回頭，向槙乃咬耳朵：

「欸，這個家啊，和我想像的綿貫征四郎看管的雙層樓房一模一樣。」

「我剛剛也想到這一點。」槙乃雙手一拍，眼神發亮，我忍不住搭腔：「啊，我有同感。」

「看管？看管什麼？」

伊藏帶頭走著，邊拉開紙門邊回頭。門後是約莫四坪的和室，附有壁龕，當中掛著字畫。在綿貫征四郎的雙層屋裡，字畫與幽玄界相通，總帶領綿貫重要的亡友高堂回到現世，扮演相當重要的角色。我們同時驚嘆地「哦哦」大叫。

「用不著大叫吧？一群蠢蛋。日式民宅裡有和室，和室裡有壁龕，壁龕裡有字畫，哪裡奇怪？啊？」

在伊藏身旁格外安分的阿靖似乎終於看不下去，像平常一樣凶狠吐槽。他沒對上我的眼眸。伊藏看似要伸手拍撫阿靖的肩膀，實則用力敲打讓他閉嘴，直視槇乃問道：

「你們又在聊書？」

他的語氣像極傻眼望著祖孫的老爺爺，忽然多了分親切。

「是的，一本叫《家守綺譚》的小說。故事裡，樹木會愛上人，花會生出龍子，水獺的子孫會賣藥，主人翁隨著四季的更迭與不可思議之物交流，當中包括河童——」

伊藏伸手制止彷彿一說就停不下來的槇乃，在和室內側落座，以眼神示意我們在對面坐下。阿靖爲我們從壁櫥拿來坐墊。塞著柔軟棉花的紫絹坐墊觸感冰涼，相當舒服。

「妳是說河童嗎？」

確認全員坐定後，伊藏一開口竟提起河童。準備切入非法疑雲的藪北一陣錯愕，我、栖川和阿靖也有種大費周章上門卻被轉移話題的錯覺，不禁沉默下來。

只有槇乃喜孜孜地傾身向前。

「是的，書裡有河童！想讀了，對不對？下次有機會來買吧，『金曜堂』現在庫存豐富。」槇乃咯咯發笑，想起什麼似地拍手：「啊，提到河童，這位記者小時候在奈奈實川看過長得很像阿靖的河童。藪北先生，對吧？」

「呃，對啊，沒錯。不過我今天來，是想——」

藪北努力想切入問題，卻遭伊藏沙啞又宏亮的音量蓋過。

「真的嗎？你真的在奈奈實川看過河童？」

「啊，對，沒錯，我到現在仍深信不疑。」

藪北放棄提問，垂頭喪氣地回答。不料，伊藏突然起身，快步走到藪北面前，跪坐下來，緊握他的手。

「我也是。」

「咦？」

納悶的不止藪北，我、栖川、阿靖也同聲質疑。只見伊藏望著天花板，發出乾澀的大笑。

「我看過河童。那隻河童長得和靖幸一模一樣，所以數十年後，我見到孫子的臉，當場嚇得跳起來。」

「大叫『河童！』是嗎？我也一樣！在『金曜堂』第一次看見令孫時，興奮到甚至忘記原本的目的。」

藪北忍不住回握伊藏滿布青筋的手，阿靖雖然大喊：「喂，注意點！」但兩人話匣子一開就停不下來。

「多虧令孫，我才想起曾遇見河童。」

「沒錯，我也差不多。那種體驗很容易遺忘。」

阿靖耐著性子端坐在伊藏斜後方的坐墊上，卻忍不住瞪著槙乃咕噥道：

「南，妳爲什麼知道爺爺看過河童？哪時聽說的？連我都不知道。」

「在我最難熬的時期，伊藏先生告訴我：『野原這塊土地無奇不有，我連河童都見過。只要是有風骨的靈魂，一定會在這片土地再會。』」

槙乃浮現微笑，淡淡回答。阿靖似乎明白了什麼，噤口不語，怒氣和不甘頓時消退，沒繼續追究。我很在意，非常想問：最難熬的時期是指什麼？但我怕這個問題會令槙乃更難過，所以不敢開口。

「『有風骨的靈魂』這一句，」藪北插話：「在《家守綺譚》的〈龍鬚草〉裡也曾提及。記得是鄰家太太說的——不管是死是活，有風骨的靈魂都不受影響。」

「是嗎？」伊藏吃了一驚，手伸向阿靖。以男性來說，他的手偏小，但因手指用力伸到最長而顯得碩大。

「靖幸，你有沒有那本書？我想看。」

「有是有，我在高中的讀書會看過，可是……」

「沒人問你心得，我只是想讀罷了。下次拿來家裡吧，或是去『金曜堂』買。」

「好啦。」

總是氣焰淩人的阿靖順從地答應爺爺。

交代孫子帶書後，伊藏終於回到座位坐好，挺直背脊。

「我說……」

「啊？」

「既然我們都看過河童，想必是難得的緣分，我就說說和久興業與大谷正矩的關係吧。我會和盤托出，你聽仔細，之後不管煎煮炒炸，隨你自由發揮。」

「啊？」藪再次驚愕，急忙從龜殼般的重型背包裡拿出錄音筆、平板電腦、筆記本與筆記型電腦等一大堆東西。我盯著排列在榻榻米上的記者七大道具，不禁明白藪北爲何熟知網路傳聞，畢竟他才是專家。

「詳情我不清楚，但從很久以前就謠傳我們家跟大谷有所往來。只是，沒一次是眞的。謠言總是空穴來風、以訛傳訛，所以我也予以放任。是我無聊的堅持所害的。微不足道的面子禁不起時代考驗，傳聞愈演愈烈，不知不覺間，竟殘害公司與家族。」

伊藏雖然對著藪北講述，但我知道，這番話其實是對著後方的阿靖說的。阿靖應該也明白，於是身體緊縮，微微向前探。

藪北瞥一眼阿靖，按下錄音筆的開關。

「好的，首先想請教，大谷官房長與和久興業現在的關係是……？」

「無關。」

伊藏的答案十分簡潔，藪北也縮短問題：

「從前呢？」

「曾有往來。」

阿靖大聲吐氣，我心頭一驚，不敢看阿靖的表情。

「是哪方面的往來？我聽到的風聲是，和久興業曾威脅剛當上眾議院議員的大谷議員，逼他委託和久興業的相關業者，在野原町開闢國道……」

「豈能蓋國道！我直到最後都反對掩埋奈奈實川。」

我怎麼可能讓他毀掉河童住的河？伊藏臉上寫著憤慨，看起來不像說謊。

「那麼，伊藏先生，您與大谷官房長……不，當時剛當上議員一年的大谷，進行過何種交易？」

藪北切入核心，伊藏的嘴抿成一條線。片刻後，他發出痛苦粗啞的嘆息，食指指向地板。

「地下鐵。」

伊藏沙啞的嗓音道出答案，所有人頓時說不出話。大家臉上恐怕都寫著疑惑：地下鐵？這和地下鐵有什麼關係？

「戰前，要大和北旅客鐵路局……當時稱爲『大鐵』的公司在這裡蓋地下鐵的是我父親。父親是山林開發方面的師傅，眞心愛著野原村。考量到村子的未來，他認爲一定要縮短與東京的距離。」

「所以才提議蓋地下鐵嗎？」

「正是。鐵路局當然不會聽從山林師傅的建議，於是父親創立和久興業這家公司，擁有實績後，參與推動地下鐵的計畫。我很驕傲擁有這樣的父親。」伊藏清嗓子，啞聲繼續道：「只差一步。要不是發生戰爭，父親的計畫早就完成。全怪戰爭啊……」

伊藏把玩著坐墊的流蘇嘆氣。槙乃用唇語向阿靖問：「你知道嗎？」阿靖無力地搖搖頭。

「戰後，父親再也沒有錢財、氣力與體力重新實行付諸流水的計畫。」

第一代過世後，伊藏年紀輕輕繼承父業，拚命使公司重回軌道，擴大版圖。

「當時是高度經濟成長期，肯努力工作就能賺錢，多棒的年代啊。日本舉辦奧林匹克運動會，鋪設新幹線，東京迅速成爲大都市。」

伊藏看著不敵時代洪流的野原村，心裡燃起一盞明燈。

「我想繼承父親的遺志。不，也許我是受到死後靈魂留在野原的父親操弄。畢竟，父親是有風骨的靈魂。」

伊藏說的一點也沒錯，現在談論的雖然是阿靖的曾祖父，感覺卻活靈活現，完全不像百年前出生、六十年前已死之人。總覺得這裡是連接之地，阿靖的曾祖父仍活在這裡。我深深體會到何謂「有風骨的靈魂」。

「然而，人會老，欲望會湧現，直覺會衰鈍，我漸漸失去正直的雙眼。造就的結果是，和久興業在野原町的名聲的確變得更加響亮，中間卻拐了太多的路，別說受到居民歡迎，還成爲人人聞風喪膽的公司，甚至需要蓋避風頭用的別墅。」

據傳，和久興業在推行地下鐵計畫時，曾拜託當地商家、企業或個別住戶出力。強硬逼迫當地老家族與有權勢者幫忙的態度，也可稱爲威脅——伊藏不否認這一點，阿靖悄然垂下頭。想必鎮上居民對和久興業抱持的負面感受，就是從這時候開始的吧。

經過漫長的靜默，藪北清清喉嚨，重振旗鼓。

「呃，所以，和久興業對大谷正矩提出的交易是……？」

「興建地下鐵的計畫。當時希望打通從東京到野原的地下鐵。」

伊藏送上當地的捐款低頭拜託，大谷議員亦保證會實行計畫。

「可是，事情生變？」

「是的。」伊藏點頭，痛苦地吁氣，喉嚨發出哮喘聲。「打一開始，那傢伙的目標就是國道。他循著我提交的捐款名單找到各單位，簽訂資金優先運用於開發國道而非地下鐵的契約，待我發現已無力回天。他堂堂正正在不觸法的情況下，取走資金和人力，完成如意算盤。虧我還說出『野原町由我來監督』的大話，卻徹徹底底被年輕政治家擺一道。」

伊藏無法對和久興業的員工坦承「被騙了」，只因「放不下面子」。他露出苦笑。

由於當初用強硬的手段籌措捐款，即使受到大谷議員暗算，伊藏也無法對外聲張，只能眼睜睜看著地下鐵的重啓計畫付諸東流。聽聞大谷議員的國道案後，爲了維護顏面，伊藏聲稱是主動退讓。

「和久興業與大谷正矩的關係僅止於此。是我擅自接近，擅自被騙。話雖如此，錢並不是我出的。國道完工以來，我知道野原町的居民因而受惠，不好多說什麼。我和大谷從來不是合作夥伴，關係不如大家所想，這才是眞相。不過，或許跟說破嘴也沒人相信我看過河童一樣吧。我不知道你們報社是想擁護還是抨擊大谷，我也沒興趣知道，但請答應我，要寫就如實地寫，好嗎？」

語畢，伊藏挺直背脊，豎起小指。他的小指根部有一圈蚯蚓似的凸疤。藪北霎時倒抽一口氣，但隨即綻開笑容，勾住小指。

「好久沒和人打勾勾了。」

「敢違反約定，我會把千根針往你那張憨傻的嘴裡塞！」

伊藏啞聲的恐嚇魄力驚人，連在旁邊的我都嚇得肩膀一震，伊藏忍不住仰天大笑：「傻瓜，當然是開玩笑的。」笑聲持續了好一陣子。

爲了寫報導，藪北借用二樓的房間。

後來聽他描述，擺放一只和室矮書桌的榻榻米房，像極綿貫征四郎的書齋。

伊藏、我、槙乃和栖川留下來，喝著阿靖特別離席沖泡的煎茶，在難以想像格子窗外是漆黑地下的普通和室小憩一番。

就在阿靖匆匆走出房間準備倒茶時，伊藏叫住他。

「靖幸，我不清楚你爸怎麼想，但聽說你要開書店時，我是真心感到高興。」

「爺爺，我……」

阿靖在紙門前回頭，欲言又止，伊藏接過話：

「我暗暗想著，或許和久興業能在你這一代變回守護土地的公司，更重要的是……」伊藏將茶杯端在腿上，瞇細雙眼，像要越過格子窗的另一頭。「我很感謝你，讓父親和我這代白白浪費的地下空間化爲書庫重生。總覺得和久家的血脈，這下全獲得報償。儘管有點鄭重其事，但我要說聲『謝謝你』。」

伊藏在榻榻米上放下茶杯，雙手觸地行叩拜禮。雪白的頭髮依舊茂密，看上去卻只是個老人——是個一步步走過自己的時代，中間曾誤入歧途仍奮力向前，疲累至極的老人。扶著榻榻米的手掌雖小，手指一樣奮力伸長，因而顯得碩大。想必很多時候，他都不得不如此壯大自己與公司吧。

紙門劃破寧靜大聲打開，阿靖走出去。

我急忙彎腰起身，槇乃輕推我的背。

「倉井，阿靖交給你了。」

「好。」

我終於下定決心，追上阿靖。我不會再做錯。這次，我要主動接近。

坦白講，我還沒想到要跟他說什麼，心裡挺怕的。是彷彿留在背上的槙乃掌心柔軟的觸感，促使我前進。

我一路追著阿靖來到走廊深處的小廚房。古樸的房屋構造，令我直覺聯想到「隨心所欲」這幾個字。我在燈泡微弱的燈光下，看到阿靖縮成一團的背影。

「請不要哭。」

我一搭話，他馬上困惑地皺眉，用非常恐怖的表情瞪著我。

「誰在哭啊！」

「不，呃……噢，兔子。」

阿靖起身，我瞥見藏在下面的長型兔籠，裡面有隻毛茸茸的生物。

「你把兔子一起帶來啦。」

「廢話，我們是家人。」阿靖說完，再次背對我蹲下，窺看兔籠。「家人很難丟著不管。」

他彷彿在自言自語。籠中的橘毛兔似乎聽見了，墊起後腳站起嗅了嗅。

就在我尋找話題時，阿靖率先開口：

「爺爺那樣肯定我……但其實我打算斬斷『和久興業』的招牌和生意。我從念書時就一直在想，要我繼承第四代？開什麼玩笑！我希望遠離『和久』這個名號，遠離和久家的人，所以開了『金曜堂』，很過分吧？」

阿靖像是瞧不起自己、自暴自棄，我搖搖頭。

「不，一點也不。我常常都是這麼想。」

「……對喔，小少爺工讀生是第四代候補。」

阿靖沉思片刻，發出「喀喀喀」的笑聲。這是比平時無力的惡魔笑聲。

「提到家業，我還沒理出頭緒。但阿靖哥，你已找到『金曜堂』這個答案，而且伊藏先生也爲你高興，這不是很棒嗎？你應該以此爲榮。老實說，我非常羨慕你，眞的。」

「不要隨便認同或是原諒。你太嫩了，小少爺工讀生。」

「對不起……」

我低下頭，阿靖手伸進籠子裡，搔著垂耳兔的額頭說：

「公爵（Duke）。」

「什麼？」

「我在說兔子的名字，公爵。」阿靖不肯看我，機關槍似地繼續道：「借用江國香織短篇集《在冰冷的夜晚》（台譯：與幸福的約定）中出現的狗的名字。不過，我家的公爵是女生，不錯吧？名叫公爵的母兔。」

「呃，是，還不賴。」

我挪挪眼鏡僵在原地，阿靖咧嘴一笑，終於肯面向我。

「敢把兔子的名字洩漏給外人知道，我一定揍你。」

「**外人**是指？」

「『金曜堂』成員以外的所有人啊！知道的只有南和栖川，連獸醫那邊我都只說是『兔子』。」

只是兔子的名字，爲什麼需要保密到家？儘管疑惑，聽到阿靖把我算進「金曜堂的一員」，我實在太高興，馬上就不在意了。

「我保證不洩漏出去。」

我在嘴上比出拉拉鍊的動作。

颱風過境後，天空萬里無雲，蔚藍到教人一時遺忘即將正式到來的梅雨季節。

在「金曜堂」博得野原高中學生好評的鄉土史書展愈來愈像一回事，手寫立牌上是槙乃使出渾身解數想出的文案：「野原町，曾有河童。」這行字附上栖川手繪的脫力系河童插圖，一舉引起高中生的注意，當地民間故事社團很早以前自費出版的《野原昔話》因而破例大賣。

❀

自動門打開，穿著鮮豔薄西裝的阿靖走進來。「熱死了，我實在受夠梅雨。」他熱到遷怒季節，手不停搧著金色小平頭。

一波客人剛走，槙乃利用下班車進站前的空檔坐在茶點區休息，揮揮手呼喚：「阿靖。」只見她手中抓著日報。

「藪北先生的報導刊出來了。」

短短一瞬間，阿靖狹窄的額頭上似乎出現裂痕。「哦！」他抬頭挺胸，加倍跨著外八步走來，從槙乃手中接過《Hot日報》在吧檯攤開，探頭說：「我瞧瞧。」

我和栖川已聽槙乃念過那篇報導，仍湊上去一起重讀。

果然，阿靖看到報紙上斗大的標題「大谷吃上刑事告訴」，不禁大叫：

「這不是超級獨家嗎！」

的確，報導開頭暴露了大谷官房長疑似違反《斡旋得利處罰法》，由東京地檢署提出刑事告訴的聳動消息。

光是這段高竿的報導就足以扭轉乾坤，但文章沒立刻結束，像在言明「接下來才是重頭戲」。

報導深入提到大谷議員在家鄉小鎮不惜一切關建國道的行爲，當中並未涉及非法交易。非但如此，他甚至毫不畏懼意圖以不當方式攏絡的地方強權，僅使用市民等正當企業團體捐助的合法資金，完成國道開發案的創舉。

「我們無法否認他身爲政治家的野心。可是，這份野心的背後毫無惡意，是爲民著想的野心。」

藪北先寫下這段話，接著拋出疑問：「然而，如今大谷議員當上內閣官房長，依然保有當初的正直嗎？」經由取材搜羅到的多項決定性證據，證實大谷向大型土木公司收賄的消息。

「我們只能猜想，在他漫長的政治生涯裡，遭逢種種利弊得失上的考驗。倘若他因而日漸腐敗，導致今日的作爲，實在教人遺憾。小說家梨木香步所著的《家守綺譚》裡，收錄短篇故事〈葡萄〉。主角在現世與異世交界的廣場，遇人勸誘他吃下葡萄，他沒接受，以下引用主角當時的心境：

『閣下所言甚是吸引人。坦白講，我也不明白自己爲何執意不吃葡萄。仔細想了想，成天無憂無慮似乎不錯，但那份優雅終究不符合我的天性。與其坐享其成，我更想刻苦自立抓住理想。這種生活……

我躊躇片刻，話卻無法收口。

——無法供養我的精神。

斷然說完，四周鴉雀無聲。』

在政治家的世界，名聲、地位及財富就是葡萄。與民同居的現世，及表面遵守著大義、實則龍蛇雜處的異世交界處，總逃不了葡萄的誘惑。但決意終身爲民服務之人，直到最後都不該吃下葡萄，不是嗎？期許他繼續保有這樣的氣度與驕傲，會是太過迂腐、天眞的想法嗎？」

上述文章看起來不像報導，比較接近專欄文字。

「這種文章居然能刊在政治版。」連阿靖也大感訝異。

「藪北先生說是拜颱風所賜。關東地區大停電，損失好幾份文字檔，空出的版面恰恰符合他的交稿字數，逼不得已，報社只好原原本本地採用。」

「眞的啊。」

腦中響起藪北的憨笑，我不禁納悶：這會不會是他向來不著痕跡、懂得謙虛的處世之道？儘管藪北自嘲「窩囊廢」，其實是個態度柔軟的狠角色吧。

「不管怎樣，這篇獨家都讓藪北先生免除遭到裁員的命運。報導在網路上的反應很好，聽說他能從政治線調回生活文化線了。」

「太好了，記者也要適材適用。」

阿靖這番話毫無惡意，我和栖川連連點頭。

然後，阿靖狠狠瞪著我，抬起下巴說：

「對了，小少爺工讀生，少在這裡偷懶！你書櫃清完沒？不快點整理要怎麼隨時補充上架？這樣下去紙箱根本清不完，懂不懂？」

「對不起，阿靖哥。」

我急忙衝向倉儲室，他卻喊住我。

「喂，不要叫我『阿靖哥』。」

「咦，爲什麼？」

我回頭一看，阿靖尷尬地扭動脖子，發出劈啪聲。

「聽起來……很像壞人。」

「才不會。」槇乃插話。「不管是『靖』、『阿靖』或『阿靖哥』，都是很棒的稱呼。」

「不對，只有『阿靖哥』的語感怪怪的，聽起來好像**黑道大哥**——」

「你想太多了。」

栖川柔聲安撫。阿靖轉動內凹的雙眼若有所思，看似不服地嘟起嘴，但隨著自動門一開，馬上表情一亮：「有客人。」

「哦，歡迎。」

「歡迎光臨。」

「歡迎。」

「歡迎蒞臨『金曜堂』！」

接在老闆之後，身爲店員的我們精神抖擻地齊聲打招呼。

一些私人的書籍話題——想在後記與你聊聊

關於每章登場的書目，我想聊聊自己跟這些書的小小際遇。

庄司薰《聽不見天鵝唱歌》

高中一年級新年參拜的歸途中，我在鎌倉的二手書店遇見《當心小紅帽》，心裡大為震撼：「原來小說會用如此淺顯的文字，寫出這麼艱深複雜的道理！」從此展開尋找「阿薰四部曲」的漫長之旅。

當時販賣新書的書店架上很少擺放此一系列，網路書店又尚未問世，走訪二手書店的機會自然增加。

我在神保町的二手書店買到《聽不見天鵝唱歌》。這串書名在書頁泛黃的文庫海中躍入眼簾的瞬間，我全身寒毛直豎，不小心用力吸一大口氣。那股陳年灰塵的味道，至今我仍清晰記得。

最後，我花了超過十年的時間，才將四部作品收齊，排上自家的書櫃。後來，新潮文庫連續推出四本的新裝版時，我眞的好高興，還特地跑去紀伊國屋書店的新宿總店（這也是系列完結篇《我最愛的藍鬍子》的重要舞台），重買一本封面很美的《聽不見天鵝唱歌》。

雷蒙．錢德勒《漫長的告別》

我是在圖書館邂逅這本書。當時我剛辭職，閒得發慌又窮，只能天天去圖書館報到。

由於是鄉鎮的小圖書館，我想看的書很快就看完，煩惱著不知該讀哪一本。最後，我決定來讀敬愛的作家覺得「好」的作品。

將《漫長的告別》列爲「好書」的是村上春樹。附帶一提，村上先生的小說也用淺顯的文字書寫艱澀的內容，我非常喜歡。

然而，這本書並非我會想主動閱讀的類型，故事又長，我讀得斷斷續續，要不是當時失業，恐怕會放棄吧。

爲了寫《星期五的書店》的第二章，我在書店買下村上春樹翻譯的《Long Goodbye》與清水俊二翻譯的《漫長的告別》兩種版本。擁有自己的書後，我和豬之原一樣，在書裡畫線、貼上許多便條，感覺比借閱當時更能進入故事。兩種譯本各有風味，我幾乎都是一氣呵成讀完。

不知不覺間，這部小說成爲我心中的「好書」。

麥克．安迪《默默》

在超市附設的小書店擁擠的書櫃上，《默默》顯得格外醒目，大概是因書名爲簡潔的兩個字吧。

當時才小學四年級的我，隨手抽出這本書，站著翻閱，怎知一讀就無法停止，一路待到打烊時間，還特別請店長「等我一下」，跑回家抓著零用錢來買。

《默默》就是令我如此著迷，但隨著幾次搬家，重要的書竟遺失。我並未立刻重買，只因我心中的《默默》是那一天在那個地點遇見的魔法，總覺得唯有那座鎮上的小書店賣的《默默》是《默默》，其他的都「不太一樣」。聽起來頗好笑，不過是眞的。很長一段時間，我都無法擺脫這種奇妙的執著。

爲了寫《星期五的書店》的第三章，我終於下定決心：「要買嘍！」不經意地望向丈夫的書櫃，上頭居然擺著和當年小書店賣的一模一樣的單行本！原來《默默》從未離開我身邊，只是我一直沒發現。

果然是魔法書啊。

梨木香步《家守綺譚》

我向來喜愛與生活息息相關的奇幻故事。我擅自將這部作品稱爲「四張半榻榻米奇幻小說」。這種彷彿觸手可及、平實又不可思議的故事，我永遠讀不膩，更無法壓抑想寫的衝動。

我在新家附近的書店看到《家守綺譚》的封面和書腰，馬上明白：「這本書充滿我喜愛的不可思議元素！」尤其是書腰，字型和文案簡直是相輔相成的最高境界，光是書籍介紹本身就是一則小故事。

即將在陌生市鎮展開新生活、忐忑不安的我，由於覓得一本想看的書而產生「船到橋頭自然直」的開闊心情，眞的要好好感謝書。事實上，我當天回家就迷路了，明明路程只有十五分鐘，我卻走了一小時，累得不成人形。所幸翻開書頁，內容果眞充滿我期待的不可思議元素，故事恬靜、豐富，我眞的驚喜到幾乎要跳起來，瞬間忘掉疲勞。

我深深希望未來能邂逅更多「好書」，也盼望《星期五的書店》能成爲某位讀者心目中的「好書」。

感謝您讀到最後。

名取佐和子

星期五的書店推薦書單——向所有的書致上敬意

・內文中引用的書：

庄司薰《聽不見天鵝唱歌》（新潮文庫　二〇一二年）
雷蒙・錢德勒《漫長的告別》清水俊二譯（早川推理文庫　一九七六年）
麥克・安迪《默默》大島香譯（岩波書店　一九七六年）
梨木香步《家守綺譚》（新潮社　二〇〇四年）

・內文中提到的所有書：

瞳・泰雷翰《永遠不死》長山咲譯（Mediafactory　二〇〇〇年）／查理斯・M・舒茲《A peanuts book featuring Snoopy (1)》（角川書店　一九九〇年）谷川俊太郎等人譯／井上雄彥《灌籃高手》全31集（Jump comics　一九九一～九六年）／松田尚政《ＨＩ５！》全6集（少年magazine comics　一九九三～九四年）／八神浩樹《灌籃少年》全23集（少年magazine comics　一九八九～九七年）／五十嵐貴久《我們的空中接

力》（PHP文藝文庫　二〇一五年）／松崎洋《衝吧！籃球少年》全10集（幻冬舍文庫　二〇一〇～一五年）／平山讓《THE FIVE 籃球之星》（幻冬舍文庫　二〇〇七年）／約翰・芬因斯坦《Last Shot》井上一馬譯（福音館書店　二〇〇四年）／庄司薰《當心小紅帽》（新潮文庫　二〇一二年）／庄司薰《別了，黑頭巾蒙面俠》（中公文庫　一九七三年）／庄司薰《我最愛的藍鬍子》（中公文庫　一九七三年）／劉宇昆《摺紙動物園》古澤嘉通譯（新☆早川ＳＦ系列　二〇一五年）／田丸雅智《海色之罈》（出版藝術社　二〇一四年）／仁木悅子《偵探三影潤全集》1～3集（出版藝術社　二〇〇五年）／雷蒙・錢德勒《Long Goodbye》村上春樹譯（早川推理文庫　二〇一〇年）／古舘春一《排球少年!!》（1～22集）（Jump comics　二〇一二～）／雷蒙・錢德勒《大眠》雙葉十三郎譯（創元推理文庫　一九五九年）／雷蒙・錢德勒《大眠》村上春樹譯（早川推理文庫　二〇一四年）／志水辰夫《飢餓之狼》（新潮文庫　二〇〇四年）／安東尼・聖修伯里《小王子》河野萬里子等人譯（新潮文庫　二〇〇六年）／中川李枝子、大村百合子《古利與古拉》（福音館書店　一九六七年）／《小朋友的朋友》（福音館書店　一九五六年～）／開高健《ＯＰＡ！》（集英社文庫　一九八一年）／瓊・G・羅賓森《回憶中的瑪妮（上・下）》松野正子譯（岩波少年文庫　二〇〇三年）／江國香織《在冰冷的夜

晚》（新潮文庫　一九九六年）／中川千尋《河童褪下的皮》（理論社　二〇〇〇年）

＊按照登場順序排列，盡可能列出容易購買的版本，但也可能遇到缺貨或絕版等情形。

NIL 29／星期五的書店

原著書名／金曜日の本屋さん
原出版社／角川春樹事務所
作　者／名取佐和子
翻　譯／韓宛庭
責任編輯／陳盈竹
編輯總監／劉麗真
事業群總經理／謝至平
榮譽社長／詹宏志
發 行 人／何飛鵬
出 版 社／獨步文化
城邦文化事業股份有限公司
115台北市南港區昆陽街16號4樓
電話：(02) 2500-7696　傳真：(02) 2500-1951
發　行／英屬蓋曼群島商家庭傳媒股份有限公司
城邦分公司
115台北市南港區昆陽街16號8樓
網址／www.cite.com.tw
讀者服務專線／(02) 2500-7718；2500-7719
服務時間／週一至週五：09：30～12：00　13：30～17：00
24小時傳真服務／(02) 2500-1900；2500-1991
讀者服務信箱E-mail／service@readingclub.com.tw
劃撥帳號／19863813
戶名／書虫股份有限公司
香港發行所／城邦（香港）出版集團有限公司
香港九龍土瓜灣土瓜灣道86號順聯工業大廈6樓A室
電話／(852) 2508-6231　傳真／(852) 2578-9337
E-mail／hkcite@biznetvigator.com
馬新發行所／城邦（馬新）出版集團
Cite (M) Sdn Bhd
41, Jalan Radin Anum, Bandar Baru Seri Petaling,
57000 Kuala Lumpur, Malaysia.
Tel: (603) 90563833
Fax:(603) 90576622
email:services@cite.my
封面繪圖／左萱
封面設計／蕭旭芳
排　版／游淑萍
印　刷／中原造像股份有限公司
●2018年10月初版
●2024年7月4日初版七刷
售價320元
KIN'YOBI NO HONYASAN
by Sawako Natori

Originally published in Japan by KADOKAWA HARUKI CORPORATION, Tokyo.
Chinese (in complex character only) translation rights arranged with
KADOKAWA HARUKI CORPORATION, Japan
through THE SAKAI AGENCY.
 ISBN 978-986-96952-1-3

國家圖書館出版品預行編目資料

星期五的書店／名取佐和子著；韓宛庭譯
. –初版. – 台北市：獨步文化，城邦文化出
版：家庭傳媒城邦分公司發行，民107
　面；公分. --（NIL；29）
譯自：金曜日の本屋さん
　ISBN 978-986-96952-1-3
861.57　　107015556

獨步文化
APEX PRESS

廣　告　回　函
北區郵政管理登記證
台北廣字第000791號
郵資已付，免貼郵票

115台北市南港區昆陽街 16 號 8 樓

英屬蓋曼群島商家庭傳媒股份有限公司
城邦分公司

請沿虛線對摺，謝謝！

獨步文化
APEX PRESS

書號：1UY029	**書名**：星期五的書店	**編碼**：

請於此處用膠水黏貼

獨步文化 APEX PRESS

讀者回函卡

謝謝您購買我們出版的書籍！

請費心填寫此回函卡，我們將不定期寄上城邦集團最新的出版訊息。

姓名：＿＿＿＿＿＿＿＿＿＿＿＿＿＿＿＿ 性別：☐男 ☐女

生日：西元＿＿＿＿＿＿年＿＿＿＿＿＿月＿＿＿＿＿＿日

地址：＿＿＿＿＿＿＿＿＿＿＿＿＿＿＿＿＿＿＿＿＿＿＿＿＿＿＿＿＿＿

聯絡電話：＿＿＿＿＿＿＿＿＿＿＿＿＿＿ 傳真：＿＿＿＿＿＿＿＿＿＿＿

E-mail：＿＿＿＿＿＿＿＿＿＿＿＿＿＿＿＿＿＿＿＿＿＿＿＿＿＿＿＿＿

學歷：☐1.小學 ☐2.國中 ☐3.高中 ☐4.大專 ☐5.研究所以上

職業：☐1.學生 ☐2.軍公教 ☐3.服務 ☐4.金融 ☐5.製造 ☐6.資訊

☐7.傳播 ☐8.自由業 ☐9.農漁牧 ☐10.家管 ☐11.退休

☐12.其他＿＿＿＿＿＿＿＿＿＿＿＿＿＿＿＿＿＿＿＿＿＿＿＿＿

您從何種方式得知本書消息？

☐1.書店 ☐2.網路 ☐3.報紙 ☐4.雜誌 ☐5.廣播 ☐6.電視

☐7.親友推薦 ☐8.其他＿＿＿＿＿＿＿＿＿＿＿＿＿＿＿＿＿＿

您通常以何種方式購書？

☐1.書店 ☐2.網路 ☐3.傳真訂購 ☐4.郵局劃撥 ☐5.其他

您喜歡閱讀哪些類別的書籍？

☐1.財經商業 ☐2.自然科學 ☐3.歷史 ☐4.法律 ☐5.文學

☐6.休閒旅遊 ☐7.小說 ☐8.人物傳記 ☐9.生活、勵志 ☐10.其他

對我們的建議：＿＿＿＿＿＿＿＿＿＿＿＿＿＿＿＿＿＿＿＿＿＿＿＿

＿＿＿＿＿＿＿＿＿＿＿＿＿＿＿＿＿＿＿＿＿＿＿＿

＿＿＿＿＿＿＿＿＿＿＿＿＿＿＿＿＿＿＿＿＿＿＿＿

☐我已詳讀權利義務之相關條款，並同意遵守。

請於此處用膠水黏貼